夜啼鳥

千早茜
Akane Chihaya

徐屹◎譯

插畫／中村明日美子

阿白

有一處小海岸。

在這個四面環海的細長島國，這處海岸平凡無奇，沒什麼值得一提的特徵。

只是，偶爾會有不可思議的東西漂上岸。

毫髮無傷的魚。

大概有四、五歲的兒童那麼大。一片魚鱗也沒有剝落，肥實的身軀閃著青光，魚目也宛如海洋般清澈。

但確實已經死亡。

經過多日魚仍未腐敗。尾鰭挺直，鮮亮地躺在岸邊。

村民在遠處圍觀那條閃閃發光的死魚。幾天過去，魚未被海浪捲走，被村裡的人誤觸後，村民便將魚搬到可一覽海岸風光的山崖上。

不知不覺間，那裡建起了一座小祠堂，不腐之魚就安置在祠堂內。

村民十之八九都是漁夫。他們靠海維生，敬仰大海，但同時也畏懼著大海。

那個時代相信海的盡頭便是長生不老之國。儘管村民連長生不老的概念都不明白，但他們親身體會到大海裡棲息著駭人之物。

村民稱之為海神或龍神，相傳不腐之魚是祂們差遣的使者。

雖不知其本意為何，但去猜測非人之物的意圖也無濟於事。對其不敬，興許會引來災禍。

不明之物只要祭祀就好。

村民異口同聲地如此說道，將魚搬到祠堂。

不知是幸或不幸，不腐之魚並未頻繁地漂上岸。

某個春日。

那天海水莫名溫暖，不停和緩起伏。沙灘上潮起潮落的海浪也發出柔和聲響。

太陽接近頭頂上方時，掀起一道格外大的海浪，將一個白色團塊打上岸。

最先發現的，是在海灘挖貝殼的村童。

刺眼的陽光令他瞇起雙眼。白色團塊在陽光的照射下，發出黏膩的光輝，看起來就像是巨大的魚鰾。他扔下刨沙的木片，走近柔軟地躺在沙灘上的白色團塊，戰戰兢兢地觀察。

天空作響，雲影流動。

白色物體是個嬰兒。

嬰兒蜷縮著胖嘟嘟的身體，雙眼闔起。

村童屏住氣息，用腳尖戳了戳嬰兒。冰冷的身軀搖晃了一下。

或許是因為死了的關係，嬰兒的皮膚白得出奇，令他作嘔。他憶起初次剖開生物腹部時的事情。濡濕的嬰兒軀體有如從動物腹部溢出的腸子。

村童將視線從軟弱無力的團塊上移開後，發現遠處其他村童正窺視著他。他向他們舉起手。

此時嬰兒突然劇烈痙攣，胡亂擺動手腳，奮力吐出海水。然後在水滴四濺的同時，抬頭望向村童。

嬰兒的眼眸是青綠色的。

慘叫聲從村童缺了門牙的縫中洩露而出。

從未聽聞或目睹過有青綠色眼眸的人類。

「有妖怪啊！」

村童高聲吶喊後，嬰兒微微傾首。接著仰望天空。

嬰兒並未哭泣。

只是凝視著藍天。

面對嬰兒，村民一籌莫展。

因為胯下光溜溜的，所以知道是個女嬰，但外表怎麼看都和其他嬰兒截然不同。體型比普通嬰兒大一圈，眼瞳如海一般碧綠，頭髮和睫毛透過陽光，閃耀著金色。胎毛也是透明的。皮膚則宛如白泥。

有人說，會不會是鬼子？也有意見表示從未見過眼睛是這種顏色的嬰兒、不吉利、應該要把她丟掉。但又有人說，如果這是海神大人的孩子該怎麼辦？於是現場再次鴉雀無聲。

結果白嬰被送到山崖上的祠堂裡。

村長喚來一名十天前剛喪子的女人，命她哺乳嬰兒。女人雖不願，卻不得違抗村長之命。村裡最年邁的老人叮嚀她，千萬不能說話。倘若嬰兒屬於妖類，會遭附身；若是海神的使者，則會遭到報應。

每當女人漲奶，就會爬上坡來到嬰兒所在的祠堂，但從未對嬰兒說話，也未曾與她共眠。

嬰兒始終沒哭，似乎明白哭也無益。女人對此感到有些毛骨悚然，卻也對嬰兒的乖巧略感痛心。儘管與眾不同，吸奶的臉卻天真無邪，看在女人的眼裡，她和其他嬰兒並無差異。

嬰兒有時會朝祠堂裡呢喃隻字片語。那是種女人不曾聽過，宛如流暢海浪般的話語。

這孩子果然來自大海。女人如此想著，並告知村長。

等到女人分泌不出乳水後，便由村民輪流送食物過去。

祠堂裡原本就有祈求漁夫出海平安的村民獻上的各種供品。另外，在漁獲豐收時，將最大一條魚的心臟供奉給海神大人，是這個村子的習俗。

嬰兒食用那些食物，逐漸成長茁壯。

沒多久，嬰兒便長成能拾貝、曬海藻的年紀。不過沒有人跟她說話。村民避開她那如碧海色的眼瞳，在祠堂放下食物或衣服後便離去。

她每天從崖上眺望著大海，就這麼度過一天。村童一早在海岸上嬉戲、幹活，日暮時，母親會來喚他們回家。一早出海捕魚的男丁也會在此時歸來。眷屬歡喜迎接男丁後，暮色蒼茫的海岸便空無一人。

她豐衣足食，卻空虛不已。就算閒來無事走下山崖來到村莊，村民也不肯與她對視。縱然有幾個無知的孩童戲弄她，但他們的父母總是會氣急敗壞地衝出來，跪地賠罪。

她沒有名字，因為沒有人叫喚她。

但她也有類似朋友的東西。

是一群與她雙眼有著相同色彩的小蟲。小蟲們白天隱藏於躺在祠堂深處的不腐之魚中，等到天色變暗，便閃爍著青綠色的光芒在祠堂裡飛來飛去。

不知是否因為眼睛的顏色相同，她從嬰兒時期就能看見那些發出青綠色光芒的小蟲。她不哭，也不將悲傷表現在臉上，但也有像是夜晚的汪洋般，感到無盡低落的時候。這時那群小蟲便會飛到她身邊發著光，像是在鼓勵她一樣。

她將手伸向黑暗，露出笑容。只有在跟小蟲嬉戲時，她才會笑。

村民暗中窺看，心生恐懼。因為村民們看不見那些蟲。

村民畏懼的眼神壓得她喘不過氣。於是她鮮少踏出祠堂，如白色黏土般的皮膚也益發白皙。

不知何時開始，村民喚她為阿白大人。

阿白喜歡在夜晚的海邊散步。走著走著，原本只是逕自蠢動的黑色大海，泛起如朦朧月色般的微光。與青綠色的蟲群有些相似。那群小蟲一定來自大海吧。某晚，當她如此思忖，一邊散著步時，發現了一條被海浪打上岸的大魚。

青綠色的小蟲聚集在魚的周圍，在黑暗中閃閃爍爍。接著死魚便像活過來般，發出晶瑩的光輝。

阿白抱起魚，帶回了祠堂。

不知不覺，她已長得亭亭玉立。身材高挑，肩寬堪比村裡的少年，脖子和手腳也十分修長。眼睛依然碧綠，一頭金色波浪長髮。鼻子尖挺，五官深邃，彷彿精悍的肉食性鳥類。

阿白厭惡自己異於他人的容貌，對此深感羞愧。處於黑暗中能讓她忘記自己的樣貌，所以她喜歡夜晚。

她在夜晚活動，發現不腐之魚就帶回祠堂，與青綠小蟲嬉戲。

那是一個悶熱的夜晚。

吹進祠堂裡的風混雜著焦味，還能聽見氣勢洶洶的吆喝聲。阿白發現今晚是一年一度的慶典日，在祠堂裡縮成一團。難怪今早供奉的魚、酒比平常還多。

夜深沉，外頭安靜下來後，阿白走下山崖。雖已無人跡，但村子和海邊似乎仍殘留著些許慶典的熱氣。

在巨大月亮近身的夜晚，阿白漫步沙灘的時間比平常久，因而感到疲憊。她離開海邊，坐在松林中。涼爽的黑暗使心情逐漸平靜。阿白深吸一口氣，盡量緩慢地吐出氣息。

此時，背後突然發出枝椏折斷的聲音。

阿白回頭察看，眼前旋即伸出一雙手臂，將她壓倒在地。一股酒味和熱氣撲鼻而來。松樹的落葉扎得她露出的手臂和小腿陣陣刺痛。

阿白手腳雖不斷掙扎，卻還是沒有出聲求救，因為她明白沒有人會來救她。壓在她身上的身軀固然沉重，但只要阿白使勁全力抵抗，似乎就能將他推開。

然而，阿白的動作卻漸漸變得遲緩。將阿白壓在身下的男人軀體十分火熱，被他觸碰的地方好似要融化。頭腦深處逐漸麻痺。阿白試圖看清男子的面容，但太暗了無法辨識。只有急促的氣息在黑暗中響起。

阿白的身體無力後，男人的動作變得更加激烈。男人非常粗暴，但幾乎不曾被人觸碰的阿白，只是茫然地處於驚嚇和奇妙的高昂感中。

男人的手抓住她的大腿後，扳開她的雙腳。一股撕裂般的痛楚突然貫穿她的兩腿之間。

阿白初次發出慘叫。

眼裡火花四濺，又熱又痛，自然地流出淚水。

男人聽見阿白的慘叫後依然沒有減緩他劇烈的動作。阿白的身軀晃動了一陣子，男人便發出呻吟，僵直不動，乾脆地離去了。

男人的腳步聲遠去後，阿白悄悄地坐起身。雙腿間還陣陣火燙。她顫抖著起身，溫熱的液體沿著大腿流下。血的味道傳入鼻腔中。

阿白穿過松林，奔向山崖。

一溜煙地衝進祠堂後，她將門給閂上，縮起身子躲在內部暗處，全身顫抖不止。感覺身體正在從被男人撕裂的胯下開始逐漸腐爛，但她害怕得不敢確認。

此時，魚堆忽然發出青綠色的光芒。光化為人頭般大小的團塊後，搖晃著浮向空中，飛到阿白身邊。

那是無數的青綠色蟲群。牠們爬到阿白的身上，朝下半身聚集。光芒包覆阿白的下腹部，疼痛慢慢減輕。阿白嘆了口氣，閉上眼睛。

片刻過後，她戰戰兢兢地觸碰胯下，發現已經止血。青綠色蟲群散開，若無其事地在阿白身邊飛來飛去，早晨來臨後，又飛回不腐之魚裡。

之後，每當阿白受傷，青綠色蟲群便會替她治療。蟲子們每晚都會爬到阿白的身上，連輕微的刮傷都不放過。因此，阿白的皮膚總是白皙又光滑。

秋季中旬，阿白的肚子開始隆起。

村民察覺異狀後，戰慄不已，拚命地想揪出是誰玷汙了不可侵犯的海神使者。

村民也詢問過阿白好幾次，但阿白自己也不知道那晚的男人是誰。她的肚子就在父親不明的情況下越來越大。村民幾乎每天都在談論阿白究竟會生出什麼東西。

自那時起，村民便捕不到魚。海況惡劣，漁船無法出海。有人說這是報應，這個說法瞬間便傳遍了整個村子。

在一個暴風雨格外狂烈的夜晚，阿白產下了孩子。

嬰兒宏亮的哭聲，連暴風也掩蓋不住。聽見那哭聲後，村長等人來到祠堂。蠟燭火光照耀下的嬰兒，有著人類的樣貌。不似阿白有著金髮碧眼。而是和村民一樣黑髮黑眼，平凡無奇的人類嬰孩。此時他們才終於發現阿白只是個普通人類，不過是長得有些奇怪罷了。

「真是糟糕。」村長說。

「本以為是神的使者，沒想到竟是普通女子。」

昔日獻上供品的人們開始發怒，紛紛叱罵還無法起身的阿白。阿白不明所以地環視所有人，但眾人都以冷漠的目光鄙視著她。

「好歹也得有個用處吧。」

村長嚴肅地說道後，便下令將阿白的孩子獻給海神。這個村子有個習俗，只要海面波濤洶湧，便會獻上活祭品供奉飢餓的海神。而活祭品必須為純淨之物。

來助產的幾個女人從阿白的懷中搶走嬰兒。阿白想站起來，卻被幾名男丁制止。嬰兒哇哇大哭，像是在求救。

阿白使盡全力抵抗，甩開那些男丁。村長大喊：「快帶走孩子！」女人們便堵住嬰兒的嘴，跑出祠堂。

「奶娘！」

阿白高聲吶喊。抱著嬰兒的，正是阿白的乳母。

「奶娘，求求妳，幫幫我！」

女人的腳步一震，戛然而止。所有人都以為阿白不會說話，因此大吃一驚。阿白會說話，只是過去從未想說、也沒有說話的機會。

「求妳幫幫我！」

阿白再次大叫。聲音十分悲痛。

不知誰說了「塞住她的嘴！」便讓阿白咬住繩子。女人逐漸消失在狂風暴雨中，連嬰兒的聲音也聽不見了。

祠堂繞上重重繩索。

阿白手腳被綁，囚禁在內。外面日夜晦暗，狂風暴雨。

阿白想念孩子，想著她那還來不及取名，一次也沒有叫過名字就被扔進海裡的親生孩子，流下淚水。青綠蟲群在阿白的淚水旁閃爍。那美麗的畫面，多少撫慰了阿白的心。

悲傷減緩後，阿白肚子餓得難受。她雖無心戀世，卻耐不住強烈的飢餓感，便爬行在地，緊緊抓住堆在祠堂深處的不腐之魚。這些魚分明放了好幾年，肉質卻鮮嫩無比，彷彿剛從大海抓上來一樣。飢餓不已的阿白不作他想，只是一條又一條地將魚吃下肚。

把魚吃得精光後，阿白陷入沉眠。無數的青綠色光芒在她的身體四周閃爍。最後小小的光芒從阿白的口、鼻、毛孔、指甲縫等各個地方，鑽進了她的體內。

究竟過了多久呢。阿白醒來後，束縛手腳的繩子已經腐爛。她扯開繩子站起身。走沒幾步，腐朽的地板便脫落。

阿白打開祠堂的門，光線刺眼得令她佇立在原地好一陣子。

一如既往的大海在眼前擴展開來，平穩的波浪在寬廣的藍天下搖蕩。暴風雨似乎已停息。

阿白步履蹣跚地緩緩走下山崖。

她僵立在村子的入口處。那裡一片空曠，只有木片和疑似房柱的物體殘留在地面，絲毫不見田地與防風林的影子。

整個村子都被海浪給吞沒了。似乎只有位於崖上祠堂內的阿白倖免於難。

阿白縱然震驚，卻無半點哀傷喜悅之情。

雖已雜草叢生，但當初將魚乾、海藻等物運送到城裡的道路還在。

阿白的內心空蕩蕩地踏上了那條路。

路上經過的村莊，村民也都對阿白投以異樣的眼光。

阿白早已習以為常。她不與人對視、交談，只是不斷地走著。奇妙的是，她完全不覺得飢餓。而且不論走得再久，她也毫無倦意，甚至連割傷以及腳底的水泡都瞬間痊癒。

有一次，阿白路過一個村莊，遭人丟擲破碗。她伸手護臉，手上竄過劇烈的疼痛，鮮血濺出，然而下一瞬間，傷口便發出青綠色的光芒。閃爍的光芒像是被皮膚吸收般逐漸消失。擦去血跡後，甚至沒有留下傷痕。

阿白開始感到害怕。過去青綠色蟲群只在夜晚治療她的傷口，而且不曾如此快速痊癒。這種情況非比尋常。她沉思了片刻才終於明白，原本棲息在祠堂魚內的蟲，如今正棲息在自己體內。因此，阿白行動更加避人耳目。

某日，阿白遇見熱鬧喧譁的一行人。他們穿著華麗的服裝，吹笛、敲鑼，擋住行人的去路。

阿白看得出神，與一名穿著朱色褲裙的女子四目相交。那名女子翩翩起舞，有如戲花之蝶。女子朝阿白嫣然一笑。阿白低頭離開現場。

走了一會兒，一道輕快的腳步聲追了上來。

「請留步。」

是剛才那名女子。「哎呀，我還以為是男人，原來是女人啊？個頭還真高呢。」女子如此說道，親切地仰望阿白。

「妳要穿這樣去大城市嗎？」

女子望著阿白宛如只裹著一條破布的服裝，咯咯發笑。阿白沉默不語，女子便問道：「妳不會說話嗎？」阿白頷首。

「這樣啊。安靜也好。」

女子上下打量阿白一番後，拉著阿白的手說：「跟我來。」

「從今天起，妳就來照顧我的生活起居吧。」

於是，阿白便成了女子的隨從。

女子面容姣好又充滿自信。儘管任性妄為，但她傲慢的態度與她的容貌也很相稱，阿白並不討厭。女子並不厭惡阿白的金髮碧眼。因此，無論遭受何種狠毒的對待，阿白依舊對女子言聽計從。不久後，女子開始進出貴族、武士的宅邸，表演歌舞，益發美麗動人。

每當女子成為顯赫人士的小妾時，就會改一次名。不過，阿白仍在心中叫喚兩人初次相會時，女子所用的桔梗之名。

阿白與桔梗兩人站在一起，可謂是國色天香，聲名大噪，桔梗因而囊橐豐盈。盛裝打扮的阿白，令桔梗的舞姿更添風采。貴族們對阿白投以觀看珍禽異獸般的眼光。

然而好景不長。

戰事爆發。桔梗投靠強橫的權力者。不過，男子掌權僅僅數月，便立刻被逐出城外，斬首殞命。桔梗不打算離開城市，哪裡勢強便往哪裡靠，若是勢力漸弱便又倒戈，另投新主。城市一片狼藉，腥風血雨。但只要有桔梗作伴，阿白一點兒也不害怕。

只是，有一件事懸在她的心上。

那就是桔梗肌膚上如縐綢般的細小皺紋日益明顯，頭髮也不如從前豐厚亮澤。但是阿白的肌膚和頭髮卻一如往昔。以自己的美貌為傲的桔梗不可能沒察覺，便對阿白越來越冷漠。

「為什麼只有妳常保青春？」

桔梗每晚責罵阿白。不管桔梗如何辱罵，阿白都沉默不語。桔梗罵累了，就緊摟住阿白的身體入睡。這樣的狀況已成為常態。

阿白的身體不會衰老，不來月事，受傷後也會立刻痊癒。不過那並非她所願，而是拜那群青綠色小蟲所賜。但那些小蟲只有阿白能看見，也不知道該如何向他人解釋此事。

每當被深深信賴的桔梗辱罵「妖怪」時，阿白便希望自己的身體像真的妖怪一樣醜陋扭曲。

桔梗能依靠的人越來越少。年輕貌美的舞者一一冒出頭來，年老的桔梗逐漸失寵。桔梗賭氣，驕橫的態度更加張狂。

某天深夜，桔梗的房間傳來慘叫聲。阿白趕到現場一看，發現桔梗倒臥在血泊中。手持血刀的男子，阿白曾經見過。雖然身穿粗劣的服裝佯裝成盜賊，但確實是桔梗交情甚好的貴族家隨從。

男子毫不猶豫地砍向阿白。肩膀到腰部斜斜竄過一陣劇痛，眼前染上鮮血。

阿白跪倒在地後，男子便將刀收進刀鞘，轉身打算離去。此時，一隻冰冷的手搭在男子肩上。

男子吃驚地回過頭，發現理應倒地的阿白站在眼前。被刀劃破的衣服裂縫露出她如黏土般白皙的胸部，上頭毫髮無傷。

男子大吼著以小刀刺進阿白的腹部。阿白露出痛苦的表情，抓住男子的手腕，拔出小刀。血紅的傷口慢慢癒合。

男子瞪大雙眼凝視著阿白，嚇得神情扭曲。阿白知道男子接下來會喊叫些什麼，那些話語她早已聽膩。她奪走小刀，刺進男子張開的口中，不斷地刺，直到男子變得面目全非。並且挖出男子的雙眼。

阿白將各式各樣的華美衣裳攤開在桔梗的周圍後，放火燃燒。

她滿身是血地前往貴族的宅邸，將男子的眼珠和頭顱扔在門前，離開了城市。

阿白走向山上。

她心想，既然寄宿體內的青綠蟲群是來自大海，那麼就前往聞不到海潮香的深山裡吧。如此一來，或許能抑制蟲群的力量。

阿白遠離村落，走進深深的綠叢中。

翻山越嶺，不停前行。她想死。

卻不知該怎麼死。任何傷口、疾病皆會不藥而癒，也餓不死。究竟該如何是好？況且，什麼是死？是魂魄離開軀體嗎？該怎麼做，才能讓靈魂離開軀體？乾脆燒掉這個身體吧。不過，若是燒毀身體後，阿白的靈魂依然存在呢？搞不好會像那些人眼看不見的青綠小蟲一樣，永遠飄蕩在這個人世間。那太可怕了。

想到這裡，阿白腦中一片混亂。唯一確定的是，她想要自己的軀體和靈魂都消失在這個世上。想要逃離正在思考這種事的自己。也想逃離唯獨自己長生不老，異於常人的事實。更懼怕自己。阿白對自己的永生感到顫慄，在雜草樹林間到處亂鑽。

不知度過了多少個夜晚。一天，四周瀰漫強烈的野獸氣息，草叢一晃，一道黑影瞬間阻擋在阿白面前。

是一隻巨大的凶猛野獸。阿白閉上雙眼，聆聽牠的低鳴聲。

阿白心想，這樣也好，就讓野獸給吃了吧。那麼自己這可憎的身軀或許能在野獸的腹中消失得無影無蹤。

野獸溫暖的氣息越來越近。潛藏在阿白身上的青綠小蟲開始發光。野獸停下腳步，靜止片刻後，便用鼻子呼了呼氣，轉身走向樹林深處。

阿白當場頹倒在地。

連野獸都厭惡自己嗎？

她已沒有精力站起來。

「喂，振作點！」

頭上落下一道宏亮的聲音。阿白慢慢抬起頭，但男人搶先一步從樹上滑落。他動作靈活如猴，身軀卻魁梧無比。皮膚略黑，手臂和臉部四周毛髮濃密。腰上掛著山刀，單手持弓。

「妳真走運！這可不是一個女人家該獨自閒晃的地方。」

男人笑著拍打阿白的肩膀。阿白怔怔地仰望男人後，男人瞪大了雙眼。

「真是驚人！」

阿白連忙低下頭。

「我從沒見過如此美麗的女孩！妳是從哪裡來的？」

美麗？阿白露出疑惑的表情。這種像男人一樣高大難看的女人美麗嗎？不過，男人遠比阿白還要高大。肩寬和手臂的粗度都無可比擬。

「我叫阿熊。」

「熊……？」

「就是剛才想要攻擊妳的野獸。這座山上最大的野獸。我也跟牠們一樣巨大，所以大家管我叫阿熊。」

男人露出白牙，伸出手。阿白猶豫不決，但最後仍被男人爽朗的笑容吸引，拉住他的大手。

自稱阿熊的男人抱起阿白，在山路上前行。

他輕盈地越過岩石，一邊開心地說：「妳的頭髮好美啊，就像太陽一樣。」「妳的眼睛好深邃啊，就像深湖一樣。山裡啊，有一個曬也曬不乾的湖。下次帶妳去。」

阿熊是獵人。他說自己幼時被扔在山上，一名老獵人把他撫養長大，老獵人過世後，他便獨自居住。

「我有時會下山賣毛皮、香菇，卻從沒見過像妳這麼美的人。」

「可是……我的眼睛和頭髮，顏色很奇怪吧。」

「會嗎？蝴蝶、花朵，不也五顏六色嗎？」

阿熊說完滿不在乎地放聲大笑，並將阿白帶回一間小屋，小屋旁有著涓涓流水的瀑布。

自此之後，阿白便和阿熊住在一起。

這是阿白第一次過著安穩的生活。

早上目送阿熊出門打獵，準備飯菜等他回家，晚上一起睡覺。

被阿熊健壯的身體擁抱時，阿白覺得自己全身血氣暢通。總是冰冷的身體，唯有被阿熊觸碰時才變得溫暖。

阿白偶爾會想起桔梗說過的話。

所謂的男女啊，就是不足與多餘的部分完全互補，兩人合為一體。就像那輪明月一樣圓滿。這世上的一切事物，都是這樣形成的。

阿白從陋屋的縫隙眺望月亮，靜靜地凝視阿熊打鼾的側臉。

她不想再孤單一人，永遠被留下。

阿白每晚入睡時，都祈求能被他充滿生命力的強健身體所毀壞。

阿熊有時會說出很有學問的話。

比如「妳眼睛的顏色，好像是翡翠色。翡翠似乎是昂貴的石頭喔。」或是在地面寫出自己的名字，一邊說：「我的名字熊這個字啊，據說有火光燃燒閃耀的意思喔。」

一問之下，原來是一名居住在深山古寺的僧人，會教授阿熊各種知識。

阿熊帶阿白前往古寺。那名僧人瘦骨如柴，瞪視著阿白，沉默不語。

「這和尚臉就是那麼臭。」

阿熊笑道。僧人再次瞪視阿白，隨後沒好氣地說道：「原來是夫人啊。妳想學什麼？」

阿白學習文字的速度比阿熊快，沒多久便開始幫助僧人打理一些事務。

安穩的生活令阿白愉悅又不安。季節幾度更迭。

阿熊的鬍鬚開始花白。阿白發現時，臉色鐵青。「妳也太大驚小怪了吧。」阿熊笑道，「我身體還健朗得很呢。」

阿白抖動了一下肩膀。

「妳倒是一直那麼年輕呢。」

阿白無言以對，顫抖著低下頭。

阿熊抱起阿白，笑道：「這樣很好，能讓我保持年輕的心。」

一到夜晚，阿熊入睡後，阿白就把青綠小蟲放到他的身邊。只有在黑暗中，青綠蟲群才會離開阿白的身體，四處飛舞。小蟲聚集在阿熊的腰部周圍。

隔天早晨，阿熊神清氣爽地伸了伸懶腰說道：

「感覺腰好輕鬆啊，明明最近有些發疼。」

若是早點這麼做就好了，阿白這麼想。或許當初還能抑止桔梗的衰老。之後，只要阿熊入睡，阿白便會放出蟲。蟲已成為阿白身體的一部分，能依照她的想法行動。

照常外出的阿熊，到了日落時分仍沒有歸來。

阿白瘋狂地在山中四處尋找。三天後，在谷底發現阿熊的屍骸。屍骸上群聚著鳥獸。

毫無任何預兆。

阿白猛然衝向鳥獸，見了就殺。若有漏網之魚，就拉弓射殺，窮追不捨。把那一帶的飛禽走獸趕盡殺絕後，一個一個開腸剖肚，翻弄內臟，尋找阿熊的身體碎片。

以往三不五時就到寺裡露面的阿白突然不見蹤影，令僧人心生疑慮。於是他彎著駝背的身軀，越過山岩，來到阿熊位於瀑布旁的小屋。小屋四周遍布許多鳥獸的屍骸，瀰漫著惡臭。阿熊雖是獵人，但不會如此濫殺動物。

僧人蹙額顰眉地朝屋內叫喚。

四周只傳來流水聲。屋內悄然無聲。

僧人開門後，看見阿熊躺在昏暗的地上，身體殘破不堪。阿白正打算復原他的身體。

「妳這是在做什麼！」

阿白一臉蒼白地回過頭。

「我在醫治他。還差一點就能恢復原狀了。」

僧人凝視著阿熊。臟腑外露，一隻腳支離破碎。不過，雙頰卻有如活著時那般紅潤，彷彿馬上便會睜開眼。僧人憶起阿熊曾經得意洋洋地笑道：「阿白會趁我睡覺時，幫我治好不舒服的地方。她有神奇的力量。」然而，那並非人類所能辦到的事。

「阿白。」僧人輕聲說道。

「即使妳復原他的身軀，阿熊的靈魂也已經不在這裡，不會回來了。」

「阿熊去哪裡了？」

「妳還記得我曾經跟妳提過輪迴轉世的事情嗎？阿熊已經投胎轉世了。妳死後還會與他在某處相遇的。」

「不可能的。」

阿白停下手上的動作。

「我不會死，沒辦法與他相遇。」

「人終有一死，誰都逃不過生老病死。阿熊……」

「我死不了！」

阿白激動地說。僧人第一次看見她的眼神燃起寧靜的青色火焰，充滿悲傷。僧人與阿白已相識二十載。這二十年來，阿白始終容顏未改，不曾罹病。

僧人搖了搖頭。他曾認為阿白和阿熊是住在山中的妖怪，也曾懷疑是怪獸幻化而成的。不過，即使如此也無所謂。他教兩人習字，看著兩人和氣融融的模樣。

「貧僧不知妳是何人。但死不了也是一種痛苦。背負痛苦的妳，不可能是惡人。也許面對此苦就是妳的使命。」

阿白沉默許久，伸手觸摸阿熊。阿熊的身體已不存在那令人眷戀的熱度。

「我要去找阿熊。」

僧人苦惱著是否該讓阿白這麼做。但他心想，只要阿白繼續尋找阿熊，就不會被絕望吞沒吧。

僧人脫下自己的法衣說：「妳太引人注目了。」便將法衣交給阿白。

阿白開始尋找阿熊。只要聽說有人快要臨產便去幫忙；遇見傷者或病患，便人飢己飢地照料。因為有可能是阿熊轉世的。

即便一雙青綠色的眼睛，但只要穿著尼僧的服裝，便不會招人反感。不僅如此，每次助人，便會受人尊敬。

然而，阿白十分孤獨。因為沒有人會像阿熊一樣，對她笑、注視著她。

戰事不斷。每次爆發時，阿白便會親赴戰場。無數的傷者，治也治不完。然而，阿白還是繼續尋找阿熊。她有的是時間。如果能再次見到阿熊，她一定要與他合而為一，兩個人永遠地生活下去。阿白如此思忖，不斷流浪，尋找阿熊的轉世。

隨著時光流逝，越來越多人得知阿白的力量，人們為她建廟，懇求她留在自己的村子。不知不覺，迎來太平盛世。不過，即使大戰消弭，人類還是會因為疾病、飢餓、災害而死去。阿白只能救助他們一時。只要她離開村莊，人們便會逐漸老死。唯獨阿白能長生不死。

望著走向死亡的人們，阿白反覆思考僧人說過的話。

最終她心生疑慮。人知生，未必知死。有人死而復生嗎？只有人生在世時，才能體會死亡的痛苦。死後的事情誰也不知道。既然如此，又何來輪迴轉世之說。

一定只是因為恐懼罷了。就像阿白害怕長生不死一樣，人類也害怕死亡來臨，永遠消失，所以才冒出輪迴轉世之說。沒有人相信輪迴，卻假裝相信，逃避現實。

找不出答案，也無處可逃。

永死與永生，同樣令人恐懼。

不過，阿白心想。尋找阿熊的這幾百年並不漫長。再怎麼漫長，也好過關在祠堂裡的那段日子。

若是能像尋找阿熊一樣，找個人共同生活就好了。不要一開始就放棄。

阿白難得感到疲倦。她問蒼天，自己的使命完成了嗎？然後發現自己早已記不起僧人的長相。

海的彼方駛來一艘鐵船，世間又開始騷亂。已不相信海的盡頭是長生不老之國的人們，漸漸會去探索未知之事。阿白已經受夠了三番兩次隨著人世間的紛亂起舞、擺布，悄悄地消聲匿跡。

雙腿不知不覺朝自己漂上岸的海邊走去。

海岸附近形成了一個大村落。和以前一樣住著漁夫的家族。這個海岸經歷過幾次人去人聚呢？阿白懷念地眺望村民的生活。

大海也未曾改變。海灘的沙，觸感仍舊相同。只有山崖被海浪削減，變成峭立的海岬，突向大海。

阿白在傍晚的海邊漫步，遇見了一名少女。

少女望向阿白，一雙眼睛眨呀眨的，眼瞳映照出青綠蟲群。

阿白立刻看出少女流著些許與自己相同的血液。那一瞬間，她感覺幾百年來束縛自己的緊箍解除了。

原來那已經連名字都記不得的女人，並沒有殺了她的孩子啊——

在這世上，原來她並非孤身一人。她生下的孩子竟在自己不知道的情況下存活了下來。

青綠蟲群同時從阿白的體內湧出。

少女睜大雙眼，凝視著阿白和蟲群。

蟲群閃爍著光芒，飛舞在空中。阿白心想，也許這些蟲是以疼痛為糧。原來人要花這麼長的時間，才不再感到痛楚。阿白的唇瓣發出輕柔的笑聲。

母親在遠處呼喚少女。

少女奔向母親，屢次回頭望向阿白。阿白目送少女離開後，走向大海。
然後，溶於永遠之中。

振翅

我的記憶力好得出奇。

不只這副身軀，甚至連出生久遠前的事情，都曾反覆夢見。

儘管活得如此長久，卻幾乎沒有衰退。

不過，卻不記得出生時的事情。

因為當時什麼都不是。連自己是男是女，是否為人都毫無知覺。

想必每個生命最初都是這樣的吧。在與他人的比較之下，認識自己。

不知是幸或不幸，我有個比較對象，叫美夜子。我們一起出生，擁有相同的面孔。兩人都沒有男性器官，所以當成女兒撫養。

不久後，美夜子的身體產生變化。柔軟的脂肪光滑地覆蓋身體，臀部和乳房隆起。然後，成為一族中珍貴的女子。

我就不同了。光長手腳，身體依然一片平坦，沒有發育。

不知何時，一群小東西偷偷寄宿在我的體內。美夜子看不見牠們在黑夜中閃爍的綠色光芒。因為美夜子是人類。

我就不同了。不過，僅僅知道不同，卻還不知道自己是何種生物。非男非女，亦非人。在未知的情況下活著。

只有一個名字用來表示我自己。

叫作御先，是一族之長賜予我的名字。

＊

潛入地下，通過層層厚重的金屬門。門在背後自動上鎖，遮斷聲音光線。在這座城鎮，無聲的黑暗必須靠人為製造。

開啟通往治療室的最後一道木門後，空調機調整的人工空氣冰涼地流出。其中有一道停滯的氣流，纏繞著鼻腔。

我停下腳步。支撐木門的雅親微微彎腰窺視。

「怎麼了？」

「有酒香。」

「我已經告知過注意事項。」

雅親瞇起雙眼，窺視房內。他的眼中應該只能看見黑暗。雅親不怎麼困擾地說道：「該怎麼辦？」看來今晚的委託人並非什麼大人物。

「若是蟲在騷動的話，要不要中止？」

「不必，蟲討厭酒味，清除就好。不過，清除完後，治療的效果會打折。」

「我去傳達。請您稍等。」

雅親正要關上門，我舉起單手制止他。

「不用，太麻煩了，我自己說。」

「可是……」

嫌惡之色瞬間在雅親的臉上蔓延開來。除了治療，他十分防備我接觸一族以外的人。不只他，我們一族都很厭惡他人。

「黑漆漆的，什麼也看不見。光憑聲音能知道什麼。」

我努了努下巴，催促他讓開，雅親不情願地退下。進入房內，我反手將左右敞開的門關上。只有這扇門是手動的，沒有上鎖。空氣隨著關門聲震動，能感受到室內之人活動身體的氣息。

天花板挑高的寬敞空間，如洞窟深處般漆黑，聲音回響著。這裡表面上是致力地球環境問題的國際NGO財團總部大樓。但我們一族使用的地下樓層，並非從建築物的大門進出，而是有另一個出入口，連職員都不曉得其存在。

治療室裡沒有窗戶和照明。房內中央有一張由榻榻米鋪成的正方形矮床。四周圍著布簾，戴上眼罩的委託人就躺在裡頭的墊褥上。構造與村裡宅邸中的治療室相同。不僅構造相同，連木地板和柱子的味道都與村子四周的樹木一樣。真符合雅親一絲不苟的個性。

我撥開流蘇，掀起布簾入內。村子裡稱這裡為御座所。是我執行族長職務的場所。可能是感受到我的氣息吧，穿著浴袍的男子四處張望。我坐到他身邊，將他歪掉的眼罩戴好後，男子嚇一跳，僵住身體。看似結實的四角形下巴，左側有一道大傷痕。氣色不佳，皮膚乾燥，但體格健壯。年齡頂多五十到六十歲吧。

男子握緊拳頭，盛氣凌人地說道：「喂，好歹出個聲吧。快點說明治療方式。」態度囂張，心跳卻跳得很快。

不知是身體疼痛還是恐懼的關係，男子非常暴躁。氣息散發出黏膜潰爛的臭味。大概是身體的免疫機能下降吧。

「你喝酒了吧。也有抽菸的習慣。」

男子沉默不語。我伸手置於他肝臟一帶上方，手掌發出許多綠色光點，搖晃著被男子的身體吸入。

「我先去除酒精。因此治療效果要扣除這個部分，請諒解。」

「什麼意思？你在做什麼？」

「不用害怕。放鬆身體。我只是把手放在你的身體上方而已。」

我說了謊。只要讓蟲群認識治療對象，不用動手也行。在心中下達命令後，綠色的發光體便會從我體內的所有毛孔、洞孔溢出，散布到男子的全身。光芒閃爍得不自然，傳達出蟲有些許困惑。只有胸口一帶的綠色光芒特別濃密。

「是肺癌轉移到骨頭嗎？」

男子嗤之以鼻。

「哼。偷看病歷，假裝成江湖術士嗎？」

「如果是外傷的話，只要修復就能痊癒，但癌症的原因是出自於你自己的細胞，只能去除惡性細胞。有復發的可能性。而你的情況是癌細胞已經散布全身，光靠今晚的治療不可能痊癒。」

「我聽說你的醫術堪稱奇蹟。難道奇蹟也會耗損嗎？只是伸出手，說些唬人的醫學知識，就有大筆金錢入袋，還真是好賺啊。欺騙病人，趁火打劫……」

男人中斷話語。張口結舌，停止動作。

不久，他的口中發出低吟。

「怎麼可能……疼痛慢慢消失了。」

「也該請你閉嘴了。」

我如此呢喃，將蟲放進男子的耳孔。男子陷入睡眠。我望著群聚在男子放鬆身軀上的光粒。貪圖生物病痛的光芒。治百病、療百傷的奇蹟之光。族人稱之為「蟲」。並非昆蟲之意，而是小型、異形之意。

不過，我不認同。

闔上眼後，眼皮裡也閃爍著綠光。牠們住在我的體內。我聆聽著牠們微小的振翅聲，沉浸在終於到訪的黑暗與沉默之中。

收回蟲後，男子依然熟睡。從折磨身體好幾個月的痛苦中解放，鼾聲如雷。一時半刻不會清醒吧。

我慢慢站起，輕拍褲裙裙襬，走向門口。

雅親在照射進來的白色光線中深深低頭。他總是隨侍在側。

「您辛苦了。」

「他違反了兩個規定。治療前禁止喝酒，治療中禁止說話。跟他收兩倍的報酬。」

雅親抬起頭，觀察我的表情。

「對方如果不滿，我就不再幫他醫治。我先治好了癌細胞轉移的部分，但頂多三年又會復發。告訴他也行，信不信隨他。」

「我知道了。」

雅親如此說道後，淺淺一笑。

「他真的那麼吵啊？」

「沒錯，吵死人了。看來他非常怕黑。」

「那個男人是目前這個鎮上最大幫派的幹部。平常帶的小弟們不在身邊，所以感到不安了吧。」

接受治療時，委託人必須一個人來，戴上眼罩，讓我的隨從帶進治療室。治療結束後，也必須戴著眼罩讓人帶出去。我原本只在村裡幫人治療。都市中的這個場所絕不能曝光。

「我沒興趣了解他的心理。」我背對雅親，移動到隔壁光線昏暗的接待室。裡面則是隨從們的休息室。地下樓層似乎也有他們的簡易住所，但我不曾去過。沙發前的長桌上，白開水正冒著裊裊熱氣。我站著含入一口熱開水，濕潤口中。我早已忘記食欲和口渴的感覺。

「今晚已經沒事了吧。」我對跟隨而來的雅親說。

「是的，一會兒我送您到飯店。」

必須等委託人完全離開治療室後，我才能走出這棟建築物。無可奈何，我只好坐在沙發上。現在應該正在送剛才那名男子出去吧。

休息室內走出一名隨從，對雅親咬耳朵。

「送出去了嗎？」

「是。讓您久等了。」雅親低下頭。

我穿過用防彈玻璃隔開的幾個房間，走出有著厚重鐵門的安全出口後，來到一條灰色水泥的平緩坡道。雅親長長的影子和我穿褲裙的身影映照在牆上。總是穿著黑色西裝，又有著一頭黑髮的雅親，本人看起來也像個影子。未滿三十卻精明能幹，打理我的一切事務，是隨從之長。

略微開闊的場所有一輛長型禮車在等候。停車場總是停著五輛車，車身車窗全是黑色。我心想，發光的蟲群確實喜歡黑暗，但又不是喜歡黑色。

我坐上車，靠著椅背嘆息。

「您累了嗎？」坐在對面的雅親微微探出身子。

「我怎麼可能會累，至少身體不會。」

「因為您的蟲很優秀嘛。」

蟲會優先維持宿主的身體狀況。我既不知寄宿在我體內的蟲有多少數量，也不明白該以什麼單位來計算，唯一能確定的是，有數量龐大的蟲寄宿在我體內。其數量為一族之最。蟲群以生物的傷痛、成長為糧，因此蟲寄宿體內的期間，不會受傷也不會衰老。像我這種寄宿體內的蟲數量多的人，便會假治療病人與傷患之名，行滿足蟲群飢餓之實。

不過，並非每個族人體內都有蟲寄宿。絕大部分的人生來都是普通人，像雅親一樣為族人效勞、繁衍、老死。美夜子如此，她的曾孫雅親亦是如此。只有被蟲選上之人，才能獲得長生不老的力量。近代其人數驟減。如今能施展力量的人有四名，我以外的三名，力量極弱。唯獨我擁有異常強大的力量。不過，這種能力並非奇蹟，對生物而言反而是詛咒。證據就是一族的血脈即將斷絕。

黑色的車窗劃過各式各樣的光線，車輛已從地下道駛出地面。勉強阻擋住城市的喧噪，但光線的氾濫也足以令人感受到嘈雜。這是個不存在黑暗與寂靜的城市。

初次來到這座城市時，我搭乘發出吵雜聲，名為直升機的機械，從上空俯瞰街景。雖是夜晚，卻充滿光粒，就像顏色不同的蟲。蟲群會欣喜地群聚在傷口，那麼都會的光又是以什麼為糧食呢？

我按下用不慣的遙控器開啟與駕駛座的隔幕。雅親沒有制止，代表司機是族人吧。

我透過車內的後照鏡與表情驚訝的司機四目相交。年紀尚輕。從他散發出來的味道，可以得知是旁系血親。眼眸微微發出綠光。蟲宿者的眼睛會在黑暗中發光，夜間的視力也很好。不過，能看見那些光芒的，也只有蟲宿者。

我撇開頭後，看見黑色車窗映照出自己的臉。

乳白色的皮膚、鵝蛋臉、細長的眼睛、薄唇。出嫁前十九歲的美夜子，正以哀怨的眼神回望我。

不，不對。這是我自己的臉。證據就是我是茶色短髮。而美夜子則是一頭豐厚的黑長髮。我緩緩地搖了搖頭後，雅親悄悄望向我。

明明都過了幾十年了，每次照鏡子時還是會感到混亂。不對，美夜子應該已經死了將近一百年了。連我自己也覺得可笑。我輕笑出聲。大概是看出我是自虐的笑吧，雅親的黑色眼瞳有些暗淡。忠心耿耿又一本正經的雅親，比以往的任何一個隨從都還要注意我的一舉一動。他的關注有時令人厭煩。

前擋風玻璃的角落閃過一處幽暗的草叢。朱紅色的柱子。我大喊：「停車。」司機減緩車速，並且窺視雅親的表情。

「剛才有經過一座神社吧。」

我如此說道後，雅親的眉心聚起皺紋。

「您又要去散步嗎？以這樣的打扮？」

「這身服裝不是很適合去神社嗎？」

「至少披上外褂……」

「我不會冷。」

雅親斜眼望向車外。然後，凝視著我。

「請容我提出一些建議。」

「嗯，說吧。」

「您明白自己的外表是什麼模樣嗎？搞不好會被誤認為是十幾歲的少女。在都市的晚上，而且是四下無人的場所，太危險了。拜託您稍微克制自己的行動。」

汽車不斷前進。我不焦躁。只有時間多到我想吐。

「你要我克制，那麼像這種過度高級的汽車也不例外吧。別擔心我的安全。反正沒人傷得了我。」

「可是，您的模樣不方便被人看見……」

「雅親。」我笑道。

「這座城市的人對別人根本沒有興趣。」

與只有族人居住的海邊村落不同。明明人口眾多，卻彼此不關心的都會。若是這裡，我能夠不起眼地在每個地方來去自如。

「可是……」雅親還想出言阻止。

「那麼是蟲在渴求自然。這座城市全是人工物。是為了蟲。這個理由總行了吧。」

雅親抬起頭，欲言又止。司機不停瞥向雅親。雅親嘆了一口氣後，朝司機說：「開回剛才的神社。」

爬上石階，穿過鳥居後，便被樹林製造的黑暗吞沒。

不過，還有些明亮。因為位於附近的大鬧區燈光染亮了夜空。早晨來臨前都不沉睡的不夜城。夜晚會不會在不知不覺間消失呢？

走出參道後，竹皮草鞋的聲音被濕潤的土壤吸收。腳底傳來冰涼的觸感。

東京的神社出乎意料地多。悄悄地在車來車往的大馬路或大樓群旁釋放土壤與塵埃的味道，被鎮守的森林籠罩。建造奢華的商業神社也不少，但還是這種古老的小神社令人心情平靜。

離開一族的村落已有兩年。這裡沒有人認識我，也不知道我們一族的存在。知道「不死之村」存在的，只有當代的權力者。如今村子也沒有出現在地圖上。村裡有許多規定，擁有能力之人的長相，與治療的方法，都不能讓一族以外的人知道。上至皇室、政府，下至黑社會都與我們有來往，但能接受治療的，不過只有鳳毛麟角。如果把我們的事說出去，將無法再次接受恩惠，因此市井小民無從知曉。來到都會，我完全成了隱形人。

風吹來，樹林搖晃，沙沙作響。風中摻雜著些許梅香。也許是憶起了故鄉，蟲群清醒，從毛孔爬出，開始在身體四周飛來飛去，釋放柔和的綠光。

我明明不愛那封閉的村落，卻像這樣過來尋求相似的味道，大概是因為類似蟲的意志的情感也流進了我的身體吧。感覺自己和蟲融合在一起，密不可分。不過，我已經不怕了。早已放棄名為死亡的安息。

蟲群在朦朧的黑暗中飛舞。牠們如心跳般的振翅聲傳到耳中。

——共生。

我在心中低喃。這個詞彙是在電視上得知的。離開村子，第一次觀看電視這種會動的影像。村子裡應該也有吧，但我的宅邸幾乎沒有電器製品。因為村裡的人相信電磁波對蟲不好。

我對動植物的生態感興趣，經常觀看海外的自然節目。

某次看到一個非洲節目，凶猛的尼羅鱷讓小鳥停在嘴裡，不是為了吃牠。小鳥啄著鱷魚大張的嘴巴，啄食牠口中的肉屑，等於幫牠清理牙齒。旁白說，兩種不同的生物彼此相依生存，稱之為共生。就像是我族和蟲之間的關係，我因此看得目不轉睛。我覺得我們稱之為蟲的這些綠色發光體，是否就像小鳥一樣呢？

不過，我現在已經不看電視了。

突然響起噹啷噹啷的鈴聲。我循聲望去，發現有一名男子在本殿前祈願。

他的個頭十分高大。在男人來說，雅親身高算高的了，而這名男子應該比他還高半顆頭吧。男子將長至背部過半的捲髮綁成一束。

我望著他，祈願結束的男子看向我。一見到我的身影便停止了動作。他的五官深邃，肩膀也很寬。

四目相對的瞬間，感覺夜晚變得更加深沉，周圍的樹木更顯存在感。

不過，僅僅數秒。男子大概以為我是神社的相關人員吧，向我點頭致意後，便踏著他的長腿走下石階。

我盯著男子，男子也在石階半途回過頭。有種懷念的感覺。

我慢慢睜開眼。

清醒之前所作的夢，殘像在昏暗的房裡四處飄蕩。為了一掃殘像，我伸手按下枕邊的按鈕。厚實的窗簾伴隨著振動聲，折疊收起。刺眼的陽光逐漸充滿以白色和翠玉色為基調的英式房間。我突然想起故鄉的海。在故鄉時，清醒後總是宛如受到吸引般地從室內邊緣走到外頭，由海岬的前端眺望大海。

臉頰感受到蟲群的氣息。伸手一摸，是濕的。

只有在作夢時，我才會流淚。蟲群似乎不知道該怎麼處理眼淚。我也不知道。就這麼走下天篷床，前往浴室。我沒有代謝的功能，不會流汗，但頭髮和表皮會因為外面的空氣變髒，所以偶爾需要清洗身體。我沖完澡，穿上浴袍後，走下房間正中央的螺旋階梯，來到樓下的房間。躺在壁爐旁的躺椅上，眺望外頭。如蟻塚般的大樓林立。剛才感到刺眼的陽光，已經沒那麼強烈，西斜不少。

敲門聲響起後，雅親推著放有銀色茶具的推車，從隔壁房間進來。

明治初期建造的這間飯店，暗中打造了一層皇族專用的樓層，如今租借給我族使用。隨從長雅親繼續待在房裡，幾名隨從也輪流待在我周圍的房間待命。

「已經傍晚了。」我說完後，雅親微微一笑。

「您休息得很久呢。」

「因為突然有委託進來嘛。」

「非常抱歉。」

雅親端正原本就很挺直的姿勢，低頭致歉。

「我說笑的。反正也沒其他事可做，只好睡覺。」

雅親的眼神帶著憂慮。我實在不擅長面對他這種表情，後悔自己說出自虐的話。

「您要喝杯茶嗎？」

我並不想喝，但還是順著雅親的心意。他應該想做些體貼我的事吧。

昨日深夜，某政黨的黨首發生事故。他的祕書不叫救護車，而是先聯絡雅親。換句話說，是處於瀕死狀態。那名男子據說是下任首相的候選人，雅親要求鉅額報酬，並且決定接受委託，趁男子尚有氣息時，將他送到了治療室。

我從神社又回到治療室。男子的身體將近一半潰不成形，尚未斷氣才叫人不可思議。不過，早上便修復完成。雅親總是會為一族著想而行動。不過，大概是反省自己不該擅自作主吧，在回程的車裡不斷向我道歉。

我移動到沙發上，啜飲熱紅茶。潛藏在口腔裡的蟲群從唇瓣爬出，在臉部四周飛舞。雅親當然看不見。我指向斜對面的沙發，要雅親也坐下。如果不這樣的話，一本正經的他肯定會坐在地上。

「村子快要舉行啟蟄祭典了。」

片刻過後，雅親自言自語般地低喃道。太陽在大廈與大廈之間的縫隙逐漸沉落。

「這樣啊。」我微微頷首，沒說是否回村。雅親也並未詢問。似乎從我的沉默知曉了答案。

今年恐怕也不會懷胎。沒有那方面的徵兆。近十年來也並未產子。

我們並非完全不死。一旦某個時期來臨，蟲群便會離開宿主的身體。然後尋找新的宿主。這種情形稱為「繼承」。據說自古以來，蟲群皆來自大海。每年會在面海的崖上祠堂舉行召喚迷失蟲群的儀式。

唯獨我例外。某天，蟲群便突然朝我湧來。動亂時代平息，日本進入逐漸西化的明治時期。只要統治者更換，「不死之村」的境遇也會改變。也曾經歷遭到迫害的時代。即使如此，我們始終存在於歷史的背後。正當直系族人苦惱於如何讓一族於民主化、平等這類陌生的詞語中存續下去時，數量龐大的蟲寄宿到我的體內。據說那些蟲是從我們所謂的母親大人，首代之女的體內退出的。傳言她並未居住在村內，長期獨自流浪。

不用別人說我也知道。因為蟲群保有那流浪孤獨女人漫長久遠的記憶，使我每晚都會在夢裡看見那女人的記憶。現在仍然持續夢見，但這件事我不曾向人提起。

「我幫您吹乾頭髮吧。」

我同意後，雅親便走向盥洗室，拿來吹風機和梳子，繞到我坐的沙發後方。

「失禮了。」

熱風撫過我的後頸。

「幫我取消今晚的工作。」

「明白了。」

「我要再去那間神社。」

雅親的手停頓了一下。

「有件事我很在意。」

「是那個男人嗎？」

看來他那天在暗中監視。我點頭後，雅親問道：「他哪裡令您在意？」

「他沒有生物的氣味。」

暖風停止。短髮一下子就吹乾了。雅親用梳子小心地梳理後說道：「請您稍等一下。」消失在隔壁房間。不到一分鐘便拿著暗色服裝回來。

「就算我們阻止您，您也聽不進去吧。至少請穿上這套服裝去吧。」

我攤開他遞給我的服裝。是牛仔褲、襯衫和深綠色的寬鬆外套。

「這外套是怎麼回事？活像是美國大兵。現在的年輕人都穿這種衣服嗎？」

「據說這叫作軍裝外套。」

雅親掩嘴輕笑。

「我不喜歡不合身的衣服。而且，這布料挺硬的呢。」

「我也不想看見您做那種打扮。」

我瞅了發笑的雅親一眼，站起身，脫下浴袍。浴袍掉落在地。

看見我一絲不掛的模樣，雅親倒抽一口氣。全身鏡映照出我平坦的身材。沒有陰毛、乳房、男性器官。乳白色的肌膚染上開始變得淡紅的夕陽。看慣的身體。不過雅親每次看見都會感到吃驚。他的表情有些可笑。

「我去拉上窗簾。」

雅親驚慌失措地走向窗戶。

「不用。別人看見了，也會以為是假人吧。」

世上沒有這種人。沒有這種毫無性徵的人。

據說擁有一族史上最強能力的我，的確是個特別的存在。無論再富有，再有權力，人都逃不過病、死。所有人都必須俯首稱臣吧。

所謂的特別，就是與眾不同。與其他任何人，都不同。每當看見自己一絲不掛的模樣時，都能深切感受到名為特別的孤獨。

我去神社的時間比昨晚早。抵達後，我坐在石階上。一群原本在打架的野貓看見我，嚇得彈跳似地逃跑。人類以外的動物都害怕蟲。大概是本能地感受到，這種力量不只能治療，也能奪去生物不可或缺的東西吧。

我仰望本殿的方向，杳無人跡。

今天是陰天，濕度也高。這座都市難得起霧。汽車喇叭透過濕潤的空氣，響起尖銳的聲音。

沒多久，昨晚的男人出現了。他斜眼看著我，爬上石階。上頭傳來鈴聲，片刻過後，男人走了回來。

他經過我身邊。我感受到視線，站起來後，男人便停下腳步。

他今天也將長捲髮綁成一束。手插進薄薄的長大衣口袋，百無聊賴地晃動著身軀。脖子上圍著兩條如破布般捲在一起的圍巾。衣服染上菸味，但男人的皮膚和氣息還是沒有任何味道。

「晚安。」男人說道。他的嗓音低沉，有如雲中雷鳴。

近距離一看，才發現他的個頭非常高。他站在下一階，我卻必須抬頭才能看見他的臉。

男人擁有褐色皮膚、高挺的鷹勾鼻、長睫毛、一雙輪廓深邃的眼睛以及厚唇。如猛禽類的雙眸是黃色的，不說話時，給人一種壓迫感。

「我們昨天也有遇到吧。妳是這間神社的人？」

我含糊地搖了搖頭後，男子歪頭發笑。若隱若現的後頸散發出放蕩的性魅力。他真的是男人嗎？莫名有種黏膩的感覺。

「妳今天穿便服呢。」

看我沒有回應，他急忙揮了揮手。手上戴著好幾枚粗戒指。

「啊……我不是可疑人士喔。我叫阿四。」

阿賜？韓國人嗎？不對，他不是黃種人的長相。

「阿石？」我反問後，他露齒笑道：「不是，我叫阿四，數字的四。大概因為我是第四個出生的吧。名字也取得太隨便了，是吧？」他說話的方式很輕薄。是個有些與眾不同的普通年輕人吧。

就在我想要背對他時，男人探頭盯著我的臉。

「有事嗎？」

「啊，如果冒犯到妳，我跟妳道歉。我只是覺得妳長得真漂亮。」

我嘆了一口氣。看來只是個傻大個兒。我經常像這樣被年輕男人搭訕。現代人似乎對性事十分積極。難道沒有警戒心嗎？真不曉得是進化還是退化。我先圓滑地答道：

「小哥你也是。」

「你的長相很有異國風情呢。」

男人噗哧一笑。

「異國風情啊，妳年紀輕輕，竟然說得出這種艱澀的話。」

男人如此說道後，一本正經地再次凝視我的臉。

「我可不是在把妳喔。只是昨天啊，我覺得好像在哪裡見過妳。但像妳這麼漂亮的美人我怎麼可能忘記呢。抱歉，說了奇怪的話。」

男人快速說完後，舉起一隻手說：「再見。」我朝他的背後低喃：

「是在夢中嗎？」

男人停下腳步，回過頭。嘴角還殘留著微笑。

「咦？」

「你應該是在夢中見過我的臉吧。你每晚都在這裡祈求什麼？」

男人目瞪口呆地看著我。

「你有煩惱吧。看是什麼事情，比起求神，我更能夠確實回答你的疑問喔。比如說，過了好幾年都不會衰老。」

我踏出一步走下石階後，男人的肩膀顫抖了一下，臉部僵硬。

「受傷會立刻痊癒、不會感到飢餓……」

我想伸出手。但那一瞬間，男人以不符合他大個頭的敏捷速度跳開。身手矯健，宛如剛才逃走的野貓。

「哈哈哈。」我乾笑出聲。

「妳在玩什麼？別戲弄大人，小姐。動畫看太多了是吧。」

他一步一步走下石階，一邊說道。

「我等一下要去工作，再見啦。這一帶最近有點危險，早點回家吧。」

男人微微舉起一隻手後，頭也不回，逃也似地快步離去。

等到男人不見蹤影後，雅親從狛犬的底座後方出現。

「怎麼回事？」

「可能是血親關係。」

「我從沒見過那張臉。」

「搞不好是你不認識的離散族人。」

「不可能。沒有人未經許可，擅自離村。」

「你確定？」

我如此說道後，雅親沉默不語。一陣以二月來說帶著暖意的風吹來，樹木搖曳。

「我只告訴你一個人，其實我保有遠祖母親大人的記憶。不對，保有記憶的應該是蟲。剛才那個男人應該也是同樣的狀況。」

「怎麼會……」

雅親瞪大雙眼。

「我也不敢相信。不過，今天早上，我夢見那男人的記憶。」

「您的意思是，記憶可以透過蟲，在夢中共享嗎？您曾經跟其他蟲宿者共享過記憶嗎？」

「不，我是第一次遇到這種情況。大概是村裡的蟲宿者，力量都太弱了吧。」

「那男人的體內寄宿著蟲嗎？」

雅親難得提出那麼多問題。「不知道。」我打斷他。

「我剛才沒有感覺到蟲的氣息。也許還在沉睡。或是只能在他失去意識時活動。總之，先回飯店。」

「是。」雅親嘴裡這麼說，心裡明顯產生動搖。這也難怪，畢竟連我都不曾見過一族以外的蟲宿者。我故意鄭重其事地要求車輛。

「我立刻安排。」雅親端正姿勢，從西裝拿出手機。

「還有，兩小時內查出那男人的底細。」

雅親抬起頭後，發出僵硬的聲音說道：「明白了。」

我換完衣服，坐在沙發等待，正想將手伸向堆在一旁的書時「打擾了。」雅親進來房間。

打開房間的照明後，飄蕩在房內的蟲群回到我身旁。

「那個男人姑且算是流有我族的血液。」

「怎麼說？」

「我也是初次聽說，大約四十年前，曾經試圖混入外族血統。正如您所知道的，我們為了繼承力量，反覆與近親結婚。結果導致沒有子嗣，或是生出來的孩子體質虛弱的情況增加。」

「還有畸形兒。」我說完後，「是啊。」雅親含糊其辭，接著說道：

「然而，沒有一個族人想要外族的血統。於是，便使用直系血親的精子，徵求代理孕母，私下進行人工授精。其中也有異國血統的代理孕母。」

「付出大筆金錢，讓人懷一個父親不明的孩子嗎？」

「似乎是的。所以，他恐怕完全不知情。」

我站起來，拉開窗簾。漆黑的窗戶上展開珠光燦爛般的夜景。

「結果呢？」

「所有嬰兒都在出生前就被處理掉了。」

「處理掉了？」

我回過頭後，雅親垂下雙眼。

「事情傳到了直系族人的耳裡。據說著床的例子本來就不多。我們是在海嘯中倖存的八百比丘尼的子孫。擁有連鄰近村莊都崇敬的歷史。直系族人不接受外族血統。更別說是異國血統了。計畫中途觸礁，主謀遭到放逐。」

對村裡的人來說，被驅逐出村是最可怕的事。我們這些沒戶籍的幽靈人口，無法在村外生活。而且，傳說必須水葬在村裡的海中，才能輪迴轉世。

「那個男人呢？」

「記錄上是流產。可能是母親偷偷生下來的。」

「雅親。」我叫喚他，再次望向窗外。

「是。」

雅親發出清澈的聲音回應。我非常喜歡他這種聲音。

「母親大人似乎來自大海。金髮碧眼。恐怕是異國之人吧。雖然應該曾受人尊敬，但人們視她為異物，不敢靠近。」

「那也是您在夢裡看見的嗎？」

「沒錯。不過，這件事可以不用向村裡報告。好了，走吧。」

我拿起掛在躺椅椅背上的外套後，雅親表情一沉。

「你怎麼這麼不機靈呢。你查到他的住處了吧，帶我去。」

「他現在不在家，上班去了。」

「那就帶我去他上班的地方。」

「那裡不是您該去的地方。」

「他在特種行業上班嗎？」我說道後，「算是吧。」雅親面無表情地回答。

「調查實情是我身為族長的職責。你看得到蟲嗎？」

我如此說道後，雅親嘆道：「真拿您沒辦法。」

自稱阿四的男人，在神社附近鬧區的一家店工作。我和包含雅親在內的四名隨從，在店家進駐的大樓旁下車。我不常和雅親以外的隨從說話，因此不知道他們的名字。他們明明都是我的血親，想想還真是奇妙。

四周籠罩著比剛才還要濃的霧氣。不知是否因為霧粒子反射的緣故，大樓與大樓間縫隙的狹窄天空，在街燈下發出朧朦的橙光，掛著一輪滿月。我們搭乘電梯來到住商大樓的四樓。狹小的電梯裡貼著密密麻麻的傳單，散發出嘔吐物和酒臭味。

打開店門，溢出紅色照明和震耳欲聾的聲響。室內的牆面、地板和家具，全是紅黑兩色。濃豔刺眼的氣氛。身穿華麗衣裳的健壯舞者扭腰擺臀地走著。所有人的體格都莫名地好。仔細一看，幾乎都是化了妝的男人。露出背部和手腳，像女人一樣妖豔，說著淫穢的笑話，發出笑聲。酒和香水的味道太濃，導致鼻子不靈光。音樂也十分吵鬧。牆面掛著一排鹿頭標本。鹿角上掛著一眼便能辨出是仿造品的真珠寶石所製成的飾品。水晶吊燈上燃著假火，刺眼的球體在天花板旋轉。

雅親在我耳邊低喃道：「找到人了。」

阿四在中央的圓形舞臺上跳舞。他穿著露出乳溝，裙襬外放的低俗粉色長洋裝，隨著音樂搖動羽毛扇。胸部豐滿，卻一身如希臘雕刻般的肌肉。每當大腿高高舉起，胯下的私處便一閃而現，店內歡聲雷動。

「這是怎麼回事？」

雅親比對著阿四的陽具與豐滿的胸部，一臉困惑地說道。

「據報告所說，這是一間同性戀和女裝癖的人聚集的店。」

「要確認的事又增加了一件。」

音樂數分鐘便播放完畢，阿四走下舞臺。換上另一個臉部塗白，頭髮盤成花魁風的彪形大漢，穿著前襟敞開的和服開始跳舞。雅親一行人在浪蕩的喧鬧中，筆直朝阿四走近。瞬間，阿四歪嘴露出笑容。大概是付他錢了吧。阿四笑著朝我走來。

不過雅親等人架住他，引導他往外走後，阿四便改變了臉色。「人家有點不方便。」他想要逃進店裡的吧檯內。雅親抓住他的手臂，將他拉向位於通道內的盥洗室。我和其他隨從一起跟了上去。盥洗室內原本有兩名男人在激烈地交纏、親吻，但被隨從們趕了出去。雅親和阿四消失在盥洗室內。

我穿過隨從之間，在門關上的前一刻溜進盥洗室。我不理會表情吃驚的雅親，一腳踹開阿四。

盥洗室內從磁磚到馬桶全是黑色的。馬桶裡面倒是白色的，唯獨那裡看起來像浮在半空。阿四向前撲倒，手插進馬桶裡，大叫出聲。雅親掐住他的後頸。阿四的身體一僵。

「放開我！你這個死變態想幹嘛啊！」

阿四如野獸般咆哮，撞開雅親。我在狹小的室內轉身，介入雅親與阿四之間。

阿四掄起的拳頭瞬間停止。他看見我的臉後，瞪大了雙眼。

「妳是剛才在神社的……原來是男的啊。喂、喂，穿著那種看起來很高貴的三件式西裝，你是黑道少爺還是什麼的嗎？」

阿四完全恢復男性語氣。我沒有回答，從內袋拿出手帕。

「拿去擦手吧。我有事想問你。你有聽過這個地方嗎？」

我說出故鄉之名。阿四只是突出下巴說道：「什麼啊？」

「你到底是誰？」

我盯著阿四。雖然化著醜陋的妝容，但跳完舞後卻沒有流汗，也未顯疲態。衣服凌亂，左肩露出。一邊的乳房跑出衣外，是褐色皮膚的真正乳房。

「原來是陰陽人啊。」

同時擁有雙性的個體。我如此說完的瞬間，阿四臉色大變。

「這是我動手術做的！你們是怎樣，給我滾開！」

阿四大吼完，立刻抬起他的長腿踹門。金屬零件和門鎖彈飛，散落在地，門傾向一邊。門外的客人和我的隨從們大吃一驚，急忙躲開。阿四盛氣凌人地走出。所有人讓開道路。

若有大量的蟲寄宿體內，身體會比普通人強健，也會提高臂力和體能。看他那副身軀，肌力應該相當驚人。

「行不通呢。還是直接綁走吧。」

雅親嘆息。我們共有五人，要綁也未嘗不可，但感覺會陷入一陣苦戰。

「再觀察一下狀況吧。」

我對雅親說，吩咐他把盥洗室的修理費拿給走來的服務生，然後訂了一桌位子。不久後，阿四又上了舞臺。他一邊跳舞，時不時地偷看這邊。當然是抱著警戒心。看見他那副宛如受傷野獸的模樣，我笑了出來。好久沒遇見如此感情用事之人了。我和雅親對到了眼，因此微微搖了搖頭。

還不能回去。尚未查出他體內是否寄宿著蟲。既然雅親得知他體內混著一族的血，遲早會消滅雜種。因為他的存在本身就代表著一族的汙點。一心一意為一族著想的雅親不可能放過他。一定會像那時一樣，毫不猶豫地——

赤紅的火焰在腦海燃燒。我暫時閉上雙眼。

若是體內無蟲，阿四便沒有未來可言。那麼調查得稍微粗暴一點也無所謂。

「您在想些什麼？」

大概是嗅出我內心的動搖吧，雅親探頭窺視我的表情。這時，一道沙啞的嬌媚聲從頭頂落下。

「我說，你們是藝能事務所的人嗎？」

「你說什麼？」一名隨從皺起眉頭。

「因為那個孩子超級漂亮的，好像天使一樣。是模特兒吧。男生還女生？」

一名戴著紫色妹妹頭假髮，身穿旗袍的男子望向我。雖然化著妝，但他的手腳肌肉發達，怎麼看都是男人。

「真扎耳朵。」

我如此說道後，那名男子扭動著身軀回答：「討厭，年紀輕輕的，怎麼說這種話呀～不過，這種反差太迷人了～」

「你也很漂亮呢。不過，你們是事務所的人吧。是來挖人的嗎？」

男子紅唇一笑，坐到雅親身邊。一名女裝肥男也走來，坐到我旁邊說：「你的皮膚真光滑，好像陶瓷娃娃。」

「沒錯，他是我們事務所的招牌。今天帶他來開開眼界。」作勢撫摸我。雅親立刻抓住他的手。

他回答得算是滿機靈了。「哎呀，真死相。」女裝男賣弄風情地笑道。其他女裝男開始騷動。

「咦～不挖人家嗎～」

「人家唱歌也不錯喲。」

「開什麼玩笑！你在摸哪裡啊！」

阿四原本的嗓音突然蓋過他們尖銳的假音。循聲望去，走下舞臺的阿四在隔壁桌被一群爛醉如泥的西裝男包圍。

「我付你錢，讓我們看一下嘛。」

其中一名西裝男伸手試圖掀開阿四的裙子。「別碰我！」阿四威嚇道，卻被那群人嘲笑。

「身體長得跟妖怪似的，少在那假高尚了。」

阿四眼冒怒氣。我隔壁的女裝男低喃：「哎呀，大事不妙囉。」

「那孩子真是的，就是不懂得應對進退。」

旗袍男站了起來，出聲制止：「小四，快住手。」但轉眼間，阿四的膝蓋已經擊向男人的下巴。

酒杯破裂，黃湯四濺，開始打起了群架。客人們同時起立，起鬨叫囂。店裡的人則是試圖勸架。阿四一人對五男，瘋狂地大鬧。那雙如猛禽類的黃色眼眸閃閃發光。歡聲與怒聲中，響起拳頭撞擊肉與骨頭的低沉聲音。

「真蠢。」雅親怔怔地說道。

「動得那麼快，血液一定循環得很好吧。」

「咦？」雅親一臉納悶。

在附近大吼的男人踉踉蹌蹌地朝雅親撞了過來。雅親的視線從我身上移開了一下。我乘機離開桌檯，快速穿過人群，並且從懷裡拿出小刀，拔出刀鞘，跳上阿四旁邊的桌上。我踢飛跟阿四扭打在一起的男人後，與表情吃驚的阿四對視。接著揮動單手，暗淡的銀色光芒在阿四的胸前畫出一道弧形。衣服輕易地敞開，傳來皮開肉綻的觸感，頓了一下後，血液四濺。阿四瞪大雙眼，向後仰倒。

一陣寂靜後，掀起驚叫。客人們瞬間酒醒、恢復理智，爭先恐後地奔向門口。

我站在桌上，望著倒地的阿四胸口。露出的乳房可見白色的脂肪和赤色的肉，但早已止血。接著綠光從傷口溢出。傷口在轉瞬間痊癒。也許是失去意識了吧，阿四依然閉眼不動。

我的體內感到一陣翻騰。混雜著目睹蟲之力量時的安心與嫌惡。蟲宛如外頭籠罩大樓的霧，逐漸覆蓋阿四的身體。

此時，後面發出尖銳的巨大聲響。

「雅親先生！」

某個隨從大喊。我回頭，看見女裝肥男抱著壞掉的椅子顫抖著。他的假髮歪掉，一邊的睫毛掉落。雅親弓起身子蜷縮在他的腳邊。黏膩的血液沿著雅親白皙的太陽穴無聲地流下。

我將手伸進內袋，抽出冰冷的金屬塊後，將槍口朝向天花板，扣下扳機。留在室內的那群女裝男紛紛腿軟，癱坐在地。

「滾出去。」

我如此說道後，店裡的人們便連滾帶爬地離開。只有音樂響徹整個空蕩的紅色房內。我從桌上下來，跪到雅親身旁。

「快點，請快點幫他治療！」

某個隨從大喊。不過，我沒有動手。雅親的頭部底下漸漸形成血泊。也許是因為室內是紅色的緣故，血看起來像黑色，如泥沼般逐漸吞沒雅親。

「雅親。」

我搖了搖他的肩膀，但可能因為腦震盪的關係，他沒有反應。臉色蒼白。

「快點！拜託您！」

美夜子的臉復甦在我腦海中。那張淚流滿面的臉。胸口一片通紅。唇瓣反覆吐出同一句話。

讓我死。

忘懷不了的，一族的血味。

雅親呻吟。手像是尋求些什麼似地在地板摸索。

我伸出手，身體不爭氣地顫抖。吸了一口氣後，握住雅親的手，釋放蟲群。

黑暗中，我凝視著雅親的睡臉。

當我閉上雙眼，偶爾會看見別人的臉。死去一族的面容接二連三地出現。我不斷凝視著他們。

不久後，雅親眼皮抽動、嘴唇顫抖，慢慢睜開眼睛。或許是搞不清楚狀況吧，一動也不動。

「要喝水嗎？」

我對他說，「這裡是哪裡？」他慌慌張張地想要起身。

「別動，這裡是我的寢室。暫時躺著。」

「那怎麼行，我必須收拾善後。」

「你的部下們已經處理好了。」

「還必須封口以及聯繫警察。」

「你先休息吧。」

即使我這麼說，他還是魂不守舍的樣子，於是我要求他陪我說說話，他才終於答應，把雙手置於腹部上。

「不能開燈嗎？」

「就這麼關著。」

我想看看雅親在黑暗中不會發光的眼眸。與蟲宿者的我不同的眼睛。

「我知道了。那麼，至少讓我坐起來吧。」雅親坐起上半身。我一邊幫忙，低喃道：「對不起。」

「請不要道歉。保護您是我的職責。」

「沒這個必要。」

「那是不可能的。」

雅親笑道。不知是否因為在黑暗中，他的表情很孩子氣。

「那傢伙怎麼樣了？」

「你說阿四嗎？不知何時逃走了。他一定還會再出現。」

雅親欲言又止，似乎想說些什麼。不知為何，他好像對阿四懷有敵意。

「我可以問您一件事嗎？」

雅親再次開口。

「問吧。」

「您為什麼對治療我猶豫不決？」

「你發現了啊。」

「因為我聽見千次一直催促的聲音。我之後得好好訓斥他。竟然敢命令您，真是不可饒恕。」

他莫名主動聊個不停。這也是因為黑暗的關係嗎？大概是感到不安吧。在黑暗中也看得一清二楚的我，果然有別於普通人。

「雅親，治療也代表受損喔。」

「怎麼說呢？」

「這些蟲給予不死的代價，便是喪失生殖能力。我們一族之所以會生不出子嗣，或是生出像我和阿四這種性別不明的個體，恐怕是蟲導致的。只要想想就能知道。能長生不老的個體不需要繁殖。你是珍貴的直系年輕男子，我不想讓你有所損害。」

「呵。」雅親輕柔地笑了笑。

「這一點您無須擔心。我沒有生育能力，所以……」

「還有一件事，我要向你道歉。」

我打斷雅親的話。

「我不會再回村子了。」

他沒有回答。大概早就心裡有數了吧。雅親一直凝視著自己的手邊。我再次說道：

「我不再回村。你們回去吧。」

「果然，是我害的吧。」

「不是。『那件事』是我錯了。你做得對。」

火焰浮現在腦海中。我凝視著雅親的側臉，試圖抹去畫面。憂愁的細長雙眼。即使經過四代，還是很像。保留著輪廓。

「您在做什麼呢？」

「我在看你的臉。覺得真像。」

「像美夜子小姐嗎？」

我以笑帶過。我真正討厭的，不是雅親的雙眼。而是他的雙眼讓我想起的情感。雅親長得很像美夜子的丈夫。名叫月雅的美麗男子。即使體內寄宿著蟲，也依然健全的男性，從小就負責照顧我們這些直系血親。當我被蟲寄宿，成為族長後，他便當上了隨從長。

村裡有個傳統，是由女人指名結婚對象。美夜子選擇我的隨從長當丈夫。月雅因此離開我身邊，開始與美夜子生活。

月雅這名蟲宿者，算是死得很早。正確來說，是僅存的蟲群離開了月雅的身體。月雅失去年輕美貌，如枯木般死去。美夜子責怪我為什麼不救他。可是，蟲的力量禁止使用在蟲離開的人身上。對我們而言，蟲的意思就是天命。無法違背。

我將不想再婚的美夜子留在身邊，夜晚釋放蟲，讓她恢復年輕，以同樣的姿態生活。我想成為美夜子。想永遠和她在一起。然而某一天，美夜子卻用小刀刺向自己的心臟。我想治療她的傷，她卻揮開我的手，一命嗚呼。我能治療任何傷口和疾病，卻無法讓死人復生。但我還是不肯放棄，每晚釋放蟲，防止美夜子的遺骸腐敗。她永遠保持美麗。我感覺她的遺容越來越像我自己。明知這是禁忌，卻還繼續下去。

直到雅親成為我的隨從。

「您是村裡的活菩薩。」

雅親擠出這句話。

「所以，只要我離開，村子也會消失吧。所有人都將不再被一族束縛。」

「才沒有被束縛。」

「有。」

理所當然地遵從既定的事，沒有自我和自由。甚至連這一點都沒發現。人類不需要長生不死。不，是生物都不需要。

「我打算在我這一代終結。村裡能治療的蟲宿者也即將朽壞。我知道的。他們的靈魂已經死去。雅親，就算肉體維持青春，心靈還是會衰老，逐漸被蟲給予的不死所侵蝕。我在他們離世後，能將脫離他們體內的蟲群喚來。你也恢復自由之身吧。不需要跟隨在任何人身邊。」

雅親像孩子一樣猛力地搖頭。

「我做不到……既然您放我自由，那我選擇待在您身邊。」

「不行。你已經沒必要再照顧我了。若是我遭遇什麼事，你又打算像這次一樣挺身而出吧。我不會再允許那種事發生。」

「就算是您，被人一刀刺進心臟還是會死。」

「我會克盡職責，不讓你們困擾。之後就隨我的意吧。」

「我……」

「別說了。」我打斷雅親的話。他是個只為一族而活的男人。不管再怎麼殘酷的事，都會冷靜地完成。就像月雅一樣。無論如何，他都會想辦法挽留我吧。

「如果……」

我打斷了雅親，他還是繼續開口。

「如果沒有您，我活不下去。」

悲痛的聲音。黑暗中，他凝視著我。與月雅不同，不會發光的眼眸。

「我知道我這麼說僭越了。但我的夢想是一直隨侍在您左右。這份心情如今依然沒有改變。」

「你只是被教育成這樣子。」

「才不是！」

這句話非常大聲。雅親從未忤逆過我。我盯著他握緊拳頭，俯首顫抖的肩膀。

活得這麼久，我曾經相信過別人嗎？恐怕，沒有。

「謝謝你。」

我輕聲呢喃。

「多虧了你，我找到一個答案。」

我故意發出聲音，從椅子上站起。

「你回去村裡，把我的話傳達下去。」

我釋放蟲群，讓雅親沉睡，悄悄走出漆黑的房間。

我走在鋪滿地毯的走廊上。飯店的清潔人員明明不認識我，卻在擦肩而過時朝我低頭致意。

我再次想起雅親的臉。與月雅相似的眼神、聲音。但他們是兩個人。

我並非執著、也並非嫉妒美夜子，只是想要知道我們兩人之間的差異。為什麼長著同一張臉，受同一個男人吸引，卻只有我被蟲選上，沒被月雅選擇。這個問題沒有解答。就跟人為什麼生而為人一樣。

我一直把愛人相繼離去的理由怪在蟲群的頭上。

可是，一定不是那樣。

只要知道這一點就夠了。

在植物的世界裡，比我長壽的傢伙比比皆是。

如此一想，心情便舒坦了一些。黑暗中，蟲群在我耳邊振翅。如果牠們是小鳥，我這副身軀就像是樹木吧。

我思忖著這種事，聆聽著樹葉的摩擦聲。

我在功德箱前坐下後，聽見有人爬上石階的聲音。是阿四微微拖著左腳的腳步聲。果不其然，一頭黑色捲髮出現了。頭髮沒有紮起來，好像鬣毛一樣。

阿四發現我後，微微皺起臉孔。但還是筆直地走了過來。

「你是從什麼時候在這裡等的？」

我沒有回答，只是凝視著他的黃色眼睛。

「你的隨從呢？」

「不在。」

「真的假的啊。」阿四縮著脖子環顧四周。

「為什麼要做那種下流的工作？」

「下流……你這人真沒禮貌耶。」

「不過，作為現代人的一種生態，倒是挺有意思的。」

阿四依舊把手插進他皺巴巴的大衣口袋後，嘆了一大口氣。

「我是想說，只要在一群怪人裡工作，就能看開許多事。那家店的人心中都沒有偏見，非常開朗，跟他們相處起來很舒服。話說，你就沒有其他話可說嗎？」

「怎麼了嗎？」我說完後，他便露出一副厭煩的表情。

「你啊，肯定是嬌生慣養的吧。上次還跑來鬧事。先跟我道歉。你害我沒辦法再去店裡上班了。」

「我應該有給店裡賠償金才是。」我說完後，阿四踢亂小石子，一邊咂嘴。

「你在生氣嗎？」

「被人刺傷通常都會生氣吧。一個弄不好，我可就掛掉了耶。」

「那你也以牙還牙啊。」

我將小刀扔到他的腳邊。小刀撞到阿四的髒皮鞋後靜止。

「你怎麼會是這種想法啊。果然是混黑社會的嗎？再說這是什麼，骨董品嗎？」

「那是護身刀。我姊姊的嫁妝。已經磨過了，很鋒利喔。」

「嫁妝？哪個時代的啊？」

「沒多久。要刺要砍都隨你，但我跟你一樣，馬上就會痊癒。」

「可是還是會痛吧。」

「你大概會吧，但我已經幾乎不會了。毫無感覺。」

阿四看著我，露出由衷厭惡的表情。

「我說你啊，長得那麼清秀，說話怎麼跟個老頭兒似的。你到底幾歲啊？」

「我早就沒在算了，不過應該一百五十歲吧。」

阿四啞然無言。「不用了，還給你。」他拿起小刀走向我。我伸出手後，阿四的肩膀一陣緊張。個頭明明那麼大，果然像隻小貓。

阿四移開視線，輕聲說道：

「問你喔，我也會活那麼久嗎？」

「不知道。」

阿四沉默片刻。仔細一看，他的拳頭在微微顫抖。我覺得他的恐懼、憤怒和困惑很新鮮。我仰望天空，雲朵在黑暗中快速流動。

不久後，阿四低喃：

「我也會變成像你那樣嗎？」

「像我這樣，是指？」

阿四沒有回答。他用髒鞋的鞋尖撫平自己踢亂的小石子。想要離開，走到一半又停下來窺視我的表情。散發出內心的動搖。

阿四突然發出莫名爽朗的聲音說道：

「不過啊，你說什麼毫無感覺，應該是騙人的吧。上次那個隨從倒下的時候，你的眼神超驚慌的。他是你的戀人嗎？」

「我沒有性別，又長生不死。你以為我能愛誰嗎？」

我微笑。阿四沒有肯定，也沒有否定，像是在忍耐什麼似地再次握拳。

「那你在這裡做什麼？既然沒有感情，就沒必要向神祈求吧。」

「我不是來找人類創造的神。只是心想或許能聽到鳥鳴聲。」

「大半夜的，有鳥嗎？」

我站起來，經過阿四的身旁。阿四有些防衛，但沒有逃跑。

「你應該曾在黑暗中聽見過振翅聲吧。」

過了一會兒，阿四開口：

「確實。那聲音聽起來也像是小鳥振翅的聲音。我問你，我的身體會變成這樣，果然是因為那些青綠色的光芒造成的嗎？」

「我慢慢跟你說。反正我時間多得是。」

我沒聽見腳步聲。我在石階前回頭，發現阿四佇立在原地。我等了一下，他還是不動，我對他說：

「你知道嗎？據說以前人們稱夜晚啼叫的鳥為鵺，畏懼牠們。」

雅親大概會說那是虎鶇吧。但阿四似乎沒有那麼博學。

「什麼是鵺？」

「是怪物。」

聽見這句話，阿四的臉頰微微抽動了一下。他瞇起眼睛，吐了一大口氣後，像是下定決心似地邁開步伐。仰望著樹林走向我。

「我曾夢見和你待在更幽深的森林裡。」

「我也是。」

「你叫什麼名字？」

我搜尋了一下記憶。小時候，美夜子曾經呼喚我某個名字，我卻想不起來。我微笑後，慢慢回答：

「御先。」

我說出口後，感到有些不對勁。發現原因後，我不禁失笑。

因為這是我有生以來，第一次對人報上姓名。

梟鳥

塗著紅色口紅的女子莞爾一笑。

對著模糊的鏡子。然後望向我。

她露出對自身之美充滿自信的笑容，燦爛地笑。華美的和服和腰帶散落在木頭地板上。女子的頭髮盤起，烏黑油亮。

她突然站起，不顧胸口敞開，指著夜空。

一輪圓月。

所謂的男女啊，就是不足與多餘的部分完全互補，兩人合為一體。就像那輪明月一樣圓滿。這世上的一切事物，都是這樣形成的。

女子吟詠般地說道。

徹底習慣別人視線的側臉，透露出娼妓特有的媚態。

我越來越不耐煩，但卻無法移開視線、塞住耳朵。

因為我明白這是夢。

不是自己，而是他人的記憶。

記憶的主人對女子抱有好感。視線透露出溫和的親切。只是影像。讓它流過腦海就好。

我明白，雖然明白，卻受不了。

有股衝動想要毆打那說話洋洋得意的女人面孔。這名女子跟我以前認識的一個女人很像。自己的記憶復甦。逐漸模糊、重疊、扭曲。給我閉嘴。我不想聽那種話。根本無關緊要。反正老子……

老子？你是男人嗎？

女人笑道。

不。我支支吾吾。小弟、老子、人家等……表示自己的語詞全帶有性別。不男不女的我，不知道該如何稱呼自己。

女人朝我伸出手。

讓我看看你的私處吧。

她冰冷的手，令我起雞皮疙瘩。不要、不要。我不想讓人看。住手。

握起的拳陷入柔軟的肉裡。女人的身體被擊飛。她緩緩爬起，從凌亂的髮隙間凝視著我。紅唇扭曲大喊：

怪物。

視野染成一片通紅。

此時，響起微弱的聲音。呼喚我不太喜歡的名字。夢裡的景色凍結成白色。

下一瞬間，夢境如玻璃碎片般粉碎散落。

有重量的黑暗籠罩著我。是現實。我拿下眼罩，拔起耳塞，起床。外面的大馬路上傳來醉鬼喧譁的聲音，霓虹燈的光線閃閃爍爍地映照在窗簾上。狹小得令人窒息的單人房。躺上床還不到兩個小時。

感覺還殘留著粉碎的夢境碎片，我環視整個房內，一如往常地略微髒亂。流理臺堆滿垃圾，地板上扔著一堆衣服和雜誌，無處可踏。

沒什麼不同。除了我的身體正在發光以外。

青綠色的無數光點，在皮膚表面騷動。遠比螢火蟲小上許多。不仔細瞧，還分不出是一粒一粒光點。

「是那傢伙啊。」

我不禁脫口而出。

老實說，我心存感激。因為無論在夢中還是現實，我都不擅長克制衝動。尤其是暴力衡動。我有自知之明，但怒氣攻心後，便會瞬間失去理智。

明明為此吃盡了苦頭。

距離黎明尚早，身體不疲倦，也毫無睡意。那些光點會消除上述的感覺，因此頭腦和身體都精神百倍。我依習慣睡了一下，卻淺眠盡是作夢。漫漫長夜，我總是無事可做。那傢伙應該也是一樣吧。

我無奈地站起身後，撿起掉落在地板上的白布。盡量不照鏡子地脫下運動衣，在胸部緊緊纏上白布。之所以會感到不悅，代表我的心靈果然是男人吧。明明最近已經不再思考這種問題了。都怪作了討厭的夢。

纏胸布拉得太緊，指根變紅。光點立刻聚集起來。

「既然要治，不如消掉我的胸部還比較實在。」

光點像是在嘲笑我的抱怨般搖晃，我打了一個噴嚏。儘管不會感冒，還是會感到寒冷。

隔壁房間的嬰兒又在哭了。母親似乎不打算哄孩子。之前還經常聽見男人的聲音，最近連人的氣息都沒有。只剩嬰兒每晚哭鬧。真是令人憂鬱。

我急忙穿上扔在一旁的衣服後，離開公寓。

穿過夜晚的鬧區後，一名警察叫住我，要求我出示身分證。我不禁嚇了一跳，硬是擠出傻笑。

身高將近一百九十公分，任其生長的捲髮、土黃色的眼睛、褐色皮膚。外表長這樣，經常受到盤查。「好的、好的～」我出示駕照後，警察露出一副「原來是日本人啊」的神情，然後有些尷尬地說道：「感謝你的配合。」低頭離去。根本沒細看。

根據駕照，我今年似乎三十七歲。不過，大概看不出來。

我不知道自己確切的年齡。在二十一到二十五歲之間，我的身體便停止成長。由於輪廓深邃，從十幾歲時就長得比較老成，因此沒有立刻察覺。是在接受整形手術時，才明顯發現有異。麻醉對我無效，手術刀劃傷我的身體時，傷口從一端逐漸癒合。我穿著手術用的藍色紙褲，糊里糊塗地逃走了。幸虧是接受違法手術的診所，因此沒有引起騷動，也沒有人追上來。

五花八門的城市中，也有一些怪人。某種程度的怪異，還能令人抱怨個幾句老套的話就拋諸腦後。

如今還能以保養得宜帶過。我認識的人妖和第三性的朋友們大概很羨慕我吧。但如果二十年後、五十年後依然維持同樣的容貌呢？還是說，必須再考慮到更久遠以後的情況？重點是，一樣無法改變我這不男不女的身體嗎？

我搖了搖頭。不可能。不能完全相信那傢伙說的話。

據說我的身體不會衰老。

沒錯，是那傢伙說的。那分不清是少年還是少女的臉龐，一副事不關己的模樣對我說道。

他一臉若無其事地用刀劃破我的胸口。傷口當場便立刻癒合。明明皮開肉綻，鮮血滿溢，卻一點痕跡都沒留下。跟手術時不同，這次是我親眼所見。想必會有人稱之為奇蹟吧。但我只認為那是不幸的惡夢。

那晚以來，青綠色光群開始活躍起來。現在也閃爍著光芒，像是引導我一般地飛舞。而同一時期開始，夢境也變得更加鮮明。

據說一切都源自於青綠色的光。那傢伙稱那些光為蟲，還說存在著蟲宿一族。他說他們一族代代都居住在稱為「不死之村」的村落，那裡網路上查也查不到，甚至不會出現在地圖上。

我本來想回答是什麼詭異的宗教團體嗎，然後一笑置之，卻做不到。

因為我早就知道那些事情。知道那個村子位於海邊，海浪陰鬱灰暗，有個突向海面的海岬，上頭有個快崩塌的祠堂，偶爾會有青綠色的不腐之魚飄上岸。而且，也曾見過那傢伙的臉。全是夢境中所見。那個夢跟普通的夢不同，有觸感，也聞得到味道。不屬於自己的情感在背後流動，偶爾會刺痛心靈。那傢伙說夢境是記憶。是蟲群每晚顯示出蟲宿者悠久的記憶。我在作夢時，耳邊確實一直傳來微弱的聲音。像是蟲又像是小鳥的振翅聲，令人有些懷念。

那傢伙說，嚴格來講，其實並非長生不老。只有蟲寄宿體內的期間，才會永保青春。但誰也不清楚那些蟲何時會離開。他一本正經地說，自己已經活了約一百五十年。看起來不滿二十歲的稚氣容貌中，唯有雙眸特別平靜。那如同老象，完全解讀不出感情的悠遠雙眸，在黑暗中發出與蟲同樣顏色的光芒。看著看著，我冒出汗水，想要嘔吐。頭腦拚命地否定，但身體的反應卻表示他所言不假。

夢裡的他是長髮。微微向外散開的黑髮流瀉而下，身穿類似巫女服的白色衣裳。所以，起初遇見他時，我以為他是女孩。

青綠色光芒在眼前搖曳。往旁邊一看，有排石階。石階上能看見鳥居。

我低喃：「又來了。」那傢伙喜歡深夜的神社。經常把我叫來這間位於都市一角，被樹林掩蓋的古老神社。

話說，那傢伙是怎麼稱呼自己的？感覺不是使用男性用語，但語氣和態度完全不像女人。他是男是女？還是跟我一樣？

纖瘦的人影在功德箱前站了起來。青綠色的光芒如火柱般瞬間升起，隨後被白皙後頸給吸收。茶色短髮隨夜風搖曳，髮色淺得在黑暗中也能辨認出來。眼睛如野生動物般閃耀著青綠色光芒。

不管看幾次，都美麗得令人顫慄不已。頭蓋骨的形狀、下巴的線條、脖子的長度、高挺的鼻子、靈動的雙眼，以及冷淡的薄唇，全都太過端整，令人有些毛骨悚然。我之前的職場，全是見不得光的客人來光顧，店裡曾辦過球體關節人偶的活動。其中有一具人偶是放進玻璃箱裡擺飾的，那傢伙很像它。價值等同高級進口車的金髮少年人偶，雖然穿著少年的服裝，但臉部看起來既像美少女，也像邪惡的千年妖精。比人類高貴優雅，像是有某種跨越性別的超凡靈體附身一般，美麗是美麗沒錯，但感覺就算沒有玻璃箱阻隔，也不敢觸碰。

他盯著我，一語不發。無可奈何之下，我只好叫喚他的名字。

「御先。」

那傢伙動了一下眼球後，慢步走到我面前。他身穿寬鬆的白襯衫和窄管褲。把我從頭到尾打量了一番說道：「你穿得還真多啊。」

「差不多再過四天，櫻花就要開了呢。」

「怎麼可能，還很冷耶。」

我如此說道。他背對我。

「真不曉得你是遲鈍還是敏感。」

他說話的語氣簡直像個乖張老頭。每當他說話時，我都心想不能被他的外表矇騙。

「什麼意思？」

「你應該不會感到寒冷。我以為你感受性強，但嗅覺又很遲鈍。竟然聞不出花蕾開始綻放的味道。是蟲還在沉睡嗎？」

他回過頭，並且舉起一隻手。我連忙閃開。我可不想再被他戲鬧地用刀劃傷。由於事發突然，我控制不住力道，遠遠偏離參道，跳進草叢中。御先蹙起眉頭，像是想表達「真吵」。

「我又不是你。我會覺得冷，也會感到疼痛。所以，別再像之前那樣做些奇怪的事。」

我惱怒後，他輕聲嗤之以鼻。乖張老頭個性真差。

「不久後便會感覺不到了。那樣比較好喔。」

他踏著緩慢的步伐，在神社四周漫步。朝樹影扶疏的地方走去。

「喂，是你叫我來的吧。又要走去哪裡？」

「你不也是因為有事想問咱家才來的嗎？」

咱家嗎？那果然是偏女性囉？反正態度就是個霸道的老人。活了一百五十歲，性別什麼的根本無關緊要吧。不知是男是女的老人家多得是。

我拂落沾到衣服上的葉子，把亂掉的圍巾重新圍好。將零錢扔進功德箱，搖動鈴噹，卻不知該祈求些什麼，於是雙手輕輕合十，追上御先。

「我只是閒著才過來的。再說，別什麼事都透過夢境傳達給我。」

「你跟蟲說吧。」

御先背對著我，冷漠地回答。蟲宿者的夢是相連的。正確來說，是透過蟲共享相同的記憶。沒有人知道為何蟲要反覆地重現記憶。御先用不怎麼困擾的語氣如此說道。

他在一棵樹前停下腳步，仰望樹梢。總覺得有種腥臭味。有個黑色團塊垂掛在樹枝上。黏稠的液體隨風滴落。我用打火機一照，看見一隻脖子綁著繩子，腹部裂開的貓。

我這才發現原來周圍的臭味是血液和內臟造成的。

「是惡作劇嗎？有些腦袋有問題的人，做這種事還故意想讓人知道。」

御先忽視我的話，拿出小刀。快速拔刀，縱身一躍，單手抓住樹枝，切斷繩索。動作流暢地令人感覺不到重力。他著地的同時，接住貓的屍體。他的手溢出青綠色的光芒。

「你在幹什麼？」

「蟲群也能治癒宿主以外的生物。你的力量還不穩定，應該難以做到吧。」

「這隻貓會活過來嗎？」

「我們無法讓已喪命的生物起死回生。只能消除傷口。你應該經常在夢裡看過這種畫面吧。」

御先將貓咪屍體置於樹根。從口袋拿出手帕擦手。他身體發出的光芒，化成光線，注入貓的體內。我曾在夢中見過這種光景。似乎是遠久以前的記憶。記憶的主人試圖治療支離破碎的男子身軀。不過男子早已斷氣，就算身體能復原，也無法活過來。我想起那悲痛欲絕與絕望的情緒，感到呼吸困難。

「那你是為什麼……」

「有個孩子最近常來這裡餵這隻貓。我不能讓她看見貓咪這種慘狀。」

「把牠埋起來就好了。」

「貓咪突然不見，她會到處找吧。就算死掉，只要沒有傷口，就會以為是老死或病死。雖然孩子應該會傷心，但總比知道貓是被人殺死的要好吧。」

我覺得有些奇怪。這傢伙是如此善解人意的人嗎？不對，我對這傢伙一無所知。御先在貓咪旁邊蹲下後，用手帕擦拭沾附在貓毛上的血，把吐出的貓舌塞回嘴裡，按住張開的貓嘴和貓眼片刻後闔起。

「人類以外的動物都害怕蟲。這具屍體就暫時放在這吧。」

呀啊的一聲，有東西在頭上鳴叫。我不禁縮起脖子，於是御先回頭問道：「怎麼了？」

「大概是你之前提過的鵺吧。」

御先站起來後，將髒掉的手帕捲成一團，塞進褲子口袋。

「那是想像出來的生物。應該是梟鳥或是烏鴉吧。」

他如此說道後，又笑著望向我：「我也是猜的啦。」我心想，這傢伙的笑容太犯規了吧。過於脆弱天真，令人難以平靜。我心中掠過淡淡的希望，暗暗想著也許過去他所說的話全部都是假的。

「什麼啊。」

御先依然面帶微笑望著我。

「你真像梟鳥。虹膜的顏色跟你眼瞳的顏色非常相似。尖尖的鼻子就像梟鳥的嘴。還有，穿得厚厚一團的樣子簡直一模一樣。」

「我冷啊。」我這麼說，將視線從咯咯笑的御先身上移開。我討厭梟鳥。我才不知道鳥的眼睛是什麼顏色。之所以穿得多，是想要遮掩體型的老習慣。

「你只是習慣覺得冷而已。」

「就算你這麼說，我還是會感到冷，有什麼辦法啊。再說，我光是看你穿這麼少就覺得冷了。」

「睡眠也是同樣的道理。疲勞被蟲吃掉了，所以沒必要睡覺。不想作夢的話，別睡就好。」

「不過，我聽說你常常睡覺不是嗎？」

御先的眉心聚起極小的皺紋。

「是雅親說的嗎？」

「你的隨從，我不知道他叫什麼名字。一臉嚴肅，經常來找我。啊啊，應該說你以前的隨從才對。」

說是以前，也不過一個月前左右，御先身邊原先有一群西裝男。據說現在所有人都被解僱了。但疑似隊長的嚴肅男子，三天兩頭就往我公寓跑，一下詢問我御先的情況，一下拜託我一起去一族的村落。

「他跑去找你幾次？」

御先表情依然愁苦。

「大概四次吧。快煩死我了。你不回村……」

御先抬起頭，打斷我的話，穿過林間，走回本殿的方向。我追上去，來到砂石路後，停下腳步。

「你家裡有重要的東西嗎？」

「啥？」

「對過去執著嗎？」

不執著。真要說的話，只有想拋開的回憶。所以，我才會在這個都市生活，不與任何人打交道。不過，心裡卻忐忑不安。

「那就好。」

「所以說，你從剛才開始到底是在說些什麼！」

御先伸出白皙的手指，指向我的後方。

「你家是這個方向吧？」

我正想開口時，耳邊終於傳來警笛聲。

起火源是出自五層建築破公寓的上面幾層。

消防車和救護車堵住了狹窄的巷弄。我撥開人群，大喊我是住戶，好不容易才通過。在垃圾場和樓梯見過的其他住戶們怔怔地仰望建築物。

玻璃熱爆的聲響接連響起，附近一帶充滿惡臭。水管不夠長，滅火似乎沒有進展。宛如巨大的篝火。空氣炎熱。夜晚因火焰產生扭曲。

御先擋住我的去路，對我說最好不要回去。趁這個機會拋棄過去，當作自己已經死去。他會幫我準備新的身分證。反正我的身分證遲早都得丟。

我並沒有什麼想挽救的東西，卻還是不顧御先的制止跑向公寓。

我察覺到一件事。正如我會夢見御先的過去一般，他也會夢見我的過去。他知道我身邊。

那些難堪的過去。所以才會叫我捨棄過去。一想到這裡，我便坐立難安。只想逃離他的身邊。

不過，面對火焰，我也許只是想回去確認。確認那傢伙是否真的說中了現實。

火很熱，四周煤灰飛舞，煙霧瀰漫。一名穿著T恤、運動短褲的胖男想要回到公寓，被消防員阻止，大聲怒罵。面對通道的窗戶，接二連三地應聲破裂，玻璃碎片傾瀉而下。「請退後！」一群住戶被推向後方。

這時，我似乎聽見一道微小的聲音。我抬頭仰望我位於四樓的房間。窗戶噴出灰色的濃煙。房內陷入一片火海。我側耳傾聽。聽見微弱的嚎啕哭聲。

我環顧四周。與一名披著男用浴袍，腋下夾著名牌包的女子四目相交。她是隔壁鄰居，我之前去店裡上班時，經常與她擦肩而過。這麼晚了，她卻還化著濃妝。手裡除了包包以外，什麼都沒拿。

我衝向煙霧籠罩的入口。有人抓住我的肩膀和手臂，我推開他，奔上樓梯。我吸了熱煙，咳個不停，但肺部一下子便冷卻下來。不知何時出現的青綠色光芒包圍住我的身體，閃閃爍爍。

三樓以上已陷入一片火海。刺眼的火焰，令人一時兩眼昏花。衣服四處著了火，皮膚和頭髮飄散著燒焦味。我拍打著身體，踢破女人四樓的房門。嬰兒的哭聲已經消失。我在狹小的室內摸索尋找。

「嬰兒在這裡。」

背後突然傳來一道聲音。那道聲音十分冷靜，與這灼熱地獄格格不入。

御先站在盥洗室的前面。

「你怎麼會在這裡！」

「你聽得見的聲音，我自然也能聽見。」

現在可沒空跟他爭吵。我伸手想要推開御先。他避開我的手，一把抓住我的圍巾和外套，一口氣扯掉。

「著火了。」

把衣物朝牆壁拍打滅火後，御先抓住盥洗室的門把。耳邊傳來滋滋的刺耳聲，發出肉燒焦的臭味。我的雙腳緊張得動彈不得。身體的疼痛現在才湧現。

嬰兒就躺在盥洗室的地板上。御先抱起癱軟的嬰兒，用我的衣服包住後，「往這邊。」他催促我。我們跑向走廊盡頭，他用下巴指了指灰色的門說：「打開它。」我再次踢破門後，發現是逃生階梯。寒冷的夜風一口氣吹了進來，火焰的聲音在背後低吟。

御先在我關門的期間爬下階梯。我顫抖著雙腿追在他身後，下樓的途中他卻停下腳步。

「沒時間了。選擇吧。」

「選擇什麼？」

「要不要救這個孩子。他吸進太多煙。要是現在不放蟲治療的話，他就沒命了。」

「啥？你在說什麼？」

我一把抓住御先的襯衫前襟。濕濕的，有些溫熱。頭髮也很濕潤。大概是淋完水衝進火海的吧。他的冷靜令我更加不耐。

「你自己選吧。我沒有救他的意思。因為你跑去救他，我只是跟上去而已。」

「為什麼啊？你不是能治療嗎？你幫貓咪屍體的傷口消除得一乾二淨，人類反而不救嗎！」

「對，沒錯。」

御先直勾勾地看著我。他白皙的肌膚上飛舞著火星。面無表情的容貌美麗得令人毛骨悚然。

「你是惡魔嗎……簡直莫名其妙！」

「他母親似乎扔下他逃跑了。救他一命真的好嗎？」

「怎麼可能啊！」

我如此大喊的瞬間，嬰兒的手臂從衣服的縫隙無力地垂下。胖嘟嘟的小手臂一片通紅，能看見分不清是黑是紫的瘀傷。不只一處。我的眼神僵硬。感覺御先正一直盯著這樣的我。

但我還是勉強擠出聲音。

「求求你，救救他……」

僅僅數秒的時間，卻感覺十分漫長。不久後，御先的手臂開始閃耀著青綠色光芒。

我從他的手中接過沉睡的嬰兒後，默默無語地走下逃生階梯。嬰兒的母親位於包圍公寓的人群之中。她用手指捲起掉色的頭髮，抖著腳仰望燃燒的公寓。一發現抱著嬰兒的我，便瞪大雙眼，僵在原地。

我一語不發地把嬰兒交給她。她完全不確認自己孩子的狀態，只是瞪著充血的雙眼凝視著我。我轉過身後，「你……」她這麼說，一把抓住我的手。我嚇了一跳，甩開她的手。女人仍瞪著雙眼，眼神摻雜著恐懼與疑惑。

我邁開腳步，快步行走。感覺御先想跟上來，我大喊：「別過來！」然後跑走。彎過巷弄，穿越仍然吵鬧的鬧區中央，來到聽不見火災喧囂的場所後，終於慢下腳步。被火燒得破破爛爛的衣服上，還殘留著女人手的觸感，令人作嘔。

女人一句道謝的話也沒有說。

我坐在護欄上，抱頭苦思。

過了一會兒後，一輛黑色汽車無聲無息地停在我面前。車門開啟，發出御先的聲音：「上車。」

我來到從未住過的高級飯店套房。高得誇張的天花板，雙腳好似要下沉的地毯。房間應該是複式公寓構造，有個螺旋階梯通往樓上。我被帶到有沙發和橢圓桌子的客廳。

我一屁股坐到無比之大的沙發上。一身焦臭味。身體就像被重油覆蓋一般，又重又黏。蟲群真的有在治癒我的疲勞嗎？倘若現在感受到的慵懶感不是疲勞的話，究竟是什麼？

御先在房門口跟同坐一輛車的男人說話。那個他稱呼為雅親，疑似隨從長的男人，明明屢次造訪我的公寓，面對御先時卻看都不看我一眼。雅親擁有一頭亮澤的黑髮，一雙細長的雙眼，是時下難得的古典美男子。現在則是時不時地瞥我一眼，拚命地向御先訴說些什麼。那視線不怎麼良善。

片刻過後，男人行了一個禮後退下。御先直接走向浴室。才剛聽見水聲，又立刻走了回來。他穿著寬鬆的浴袍，橫越房間，拉開窗邊的書桌椅子坐下。說是窗戶，但大到說是玻璃牆還比較貼切。窗外已開始染上清晨之藍。

「你也去沖個澡吧，新衣服馬上就送到。」

見我沒有動作，御先便蹺起腳。瞬間露出如少女般光滑的大腿內側。

「我會派雅親去調查剛才火災發生的原因。」

「警察會調查吧。」

「他調查得比警察快，又準確。」

我抬起頭，看見御先一副事不關己的表情。

「該不會是想要我的命吧？」

「恐怕是。說是想要你的命，應該算是警告吧。畢竟是在你不在時縱火的。」

「為什麼？」

「因為我是不死之身。」

「啥？」

「真是遲鈍。威脅不死之人有什麼意義，當然要針對我身邊親近的人，他們是我的軟肋。既然雅親曾三番兩次造訪你家，對方大概以為我們之間有什麼關係吧。」

「對方是誰？」

「雅親正在調查。我之前也提過，我們一族是靠治療權力者為生。但並非所有委託都能接受，也有人想阻止某人延長性命吧。」

御先沉默了一下。

「我剛才也說過，捨棄現在的名字吧。就當作你已經死於火災。那樣比較……」

我的喉嚨發出低沉的笑聲。

「反正你們全部都知道嘛。」

我站起來，大步走向他，翻倒書桌。電線被扯斷，紙、筆、檯燈散落一地。御先沉默不語地仰望著我。我抓住他的手，將他拉起，踹飛椅子。將他扔向地上。他明明能夠逃跑、反擊，卻任憑我處置。我跨到他身上，掐住他的脖子。他的脖子細到我用一隻手就足以應付。

「你把我帶來這裡，有什麼企圖？」

我將臉湊近他形狀姣好的耳朵，低吟道。御先依然面無表情，直盯著天花板。

「我還以為你討厭接觸人。」

「那種人會強暴、毆打女人嗎？你都知道吧。我的前科，還有我賣身，以及所有的事。剛才那個男人也知道吧。所以，才會用那種眼神看我。我說，你是想買我嗎？因為我同時擁有男女的性徵。不論是男是女，有很多人抱持著好玩的心態買下我。」

御先微微瞇起眼睛。

「你真的是陰陽人？有生殖機能嗎？」

「問得還真是單刀直入。沒有聽說分手的女人懷孕了，我自己也沒有懷孕過，我沒調查過這種事，所以不知道。用你自己的身體試試看不就好了。」

我將手伸進他的浴袍裡，手指觸摸到他冰冷平坦的胸部。

「我無法嘗試。因為我什麼都沒有。」

御先平靜地說道。

「你那種淡然的態度，真令人不爽。」

「你想侵犯我就隨你意吧，不過我只有排泄器官喔。」

「那樣就夠了。」

我摀住他的嘴，剝下他的浴袍。他茶色的眼眸卻依然凝視著天花板。

我將視線落在他的身體，啞然無言。

真的什麼都沒有。白皙、光滑的人形生物躺在眼前。從大樓間隙灑進來的透明晨曦延伸到地板上，照亮他光溜溜的身體。明明是人形，看起來卻不像人類。

我不由得從他身上跳開。感覺全身的血液一口氣變得冰冷。

「我沒有生殖器。」

御先坐起身，穿上浴袍，慢慢繫上腰帶。

門鈴突然響起。響了好幾次。不久後，轉成用力拍打房門。

「雅親是普通的人類。」

御先如此說道，並且從散落一地的紙張和書籍之間拿起手機，抵在耳邊。「不用擔心。」只吐出這句話便掛斷電話。他盯著手機螢幕，低喃道：「我不想他遭遇危險。」

「因為我不會死，所以能將我放在身邊是嗎？」

終於發出的聲音，可恥地顫抖著。御先瞥了我一眼後，坐到附近的沙發。

「我的外表太年輕了。有時還是非得需要大人出面。你待在我身邊吧。對你來說應該也沒有壞處。我會教你不死之人適合的生存方式。」

「我想一個人生活，我一直是這麼過活的。」

我慢慢走向房門。御先用眼神追逐我的身影。

「一個人生活就沒有比較的對象了吧。也不用思考自己是何人。」

他說中了我的心聲。總是這樣。這傢伙的話語中不帶任何迷惘和含糊。我背對他。

「你要去哪裡?」

「打工。」

「等一下。」御先快速衝過房間,抓住我的手。將紙鈔和飯店的房卡塞給我,後退一步。

「去買套衣服。晚上就用那邊的寢室。」

他指向翻倒在地的書桌後方的房門。然後,「把你那燒焦的頭髮也剪一剪。」補上這一句,又塞錢到我手裡。我本想吐槽他塞那麼多錢給我,真是吃米不知米價。但後來還是作罷,沒有回應,再次背向他。

來到走廊後,我才發現這是他第一次主動觸碰我。

隔天,再隔天,我都回到飯店,從飯店去打工。反正也沒其他地方可去,更對自己對御先的所作所為懷抱著罪惡感,因此我打算暫時遵照他的意思行動。

排班制的職場上沒有一個人詢問我火災的事。因為誰也不知道我住在那間公寓,沒有人問也是理所當然的。店長看見我髒兮兮的服裝和燒焦的頭髮，只是皺眉，一如往常沒有人向我攀談。反覆呼喊著同樣的單字，補充架上的物品，無止盡地敲打收銀機。在我重複這樣單純的作業時，不禁想起以前的事。

我不知道母親的長相。據說當我還是嬰兒的時候，被人扔在市民醫院門口。留下的還有一張寫著「四」的紙條，於是我有了「阿四」這個可笑的名字。我在孤兒院長大，五歲時竟然被長崎小島上的一個果園人家收養。那是個只有蜜柑和魚的島嶼。收養我的養父說，我的母親一定是菲律賓人，理由是因為他把光顧菲律賓夜店當成是自己的生存意義。我的養母心地善良，但在我才剛上學時死於癌症。我經常被島上的孩子們嘲笑。我的捲髮、眼睛的顏色、阿四這個名字，都是我被欺負的原由。我每天都在自家的果園幫忙。上國中後，由於突然抽高。島上的女人開始注意我，出海時，年輕的漁夫會對我吹口哨。某天傍晚，放學回家的路上，我被鄰村的男人推倒。他撫弄我的身體，因此我身體的事情馬上便傳遍整個小島。

養父揍了我，大罵都是我太性感惹的禍。反正是你去誘惑人家的吧。你那淫亂的眼神、腰部的動作是怎樣？他如此說道，朝我伸出手。我推開他，把他揍得落花流水，離開了小島。

脫離小島後，我以為只要去大都市就能找到容身之處，但幾乎沒有國中生能生活下去的方法。於是我謊報年齡在特種行業工作，得到一個有錢的中年女人援助。女人的大腿內側有一個粗俗的梟鳥刺青，除了我以外，還養了各種類型的美青年當小狼狗。我因此生活無虞。

女人莫名博學，教我許多事。她說在江戶時代的書上，梟啊，也寫成「食父」。所以她才刺上梟的圖案，打算拋棄父母生活下去。我聽完後，覺得我跟她是一樣的。

女人平常慷慨大方又和善，但黃湯下肚後，性情會變得殘暴，嘲笑我的身體。而且情況越演越烈。

我跟她的其中一個愛人私通，作為報復。女人得知後，笑了。說是她拿錢給對方，要他假裝對我有意，狠狠侮蔑了我一番。

你這個怪物，還自以為了不起。誰會愛你啊。淫亂汙穢又悽慘的怪物。我是看你可憐才收留你的。真以為有人愛你啊。女人如此辱罵，放聲大笑。

等我回過神來，已經將女人弄得渾身是血。

從少年感化院出來後，結果又回到了夜晚的世界。只有那裡才找得到工作，而且混在第三性跟人妖當中，我的心情很輕鬆。我想像他們一樣能自我解嘲。只要有人提出要求，我男女都睡。只要付我錢，我什麼事都幹。曾經跟女人上床，同時被男人上；也曾經在別人面前被一群男人玩弄。養父跟梟鳥刺青女說的沒錯。我的身體很淫亂，只要有人渴求，男性部分和女性部分都會感到歡愉。持續自甘墮落的生活後，又再次發生之前的紛爭。再怎麼緊密交纏過的對象，最後勢必會怒罵「怪物」，然後離去。我漸漸害怕與人親密，再次失去了笑容。

我也曾有過想要認真交往的女人。不過我無法對她們說出我身體的事。她們一臉哀傷的問我為什麼總是穿著衣服纏綿，於是我逃離了她們的視線。

若是當作自己已經燒死了，是否就能擺脫這種過去？

不，記憶不會燒毀。從今以後也會持續折磨我吧。即使改名、改變生活方式，即使絕望，只要擁有這副身軀，便無法死去。我不知道今後該如何生活下去。失火的公寓房東和警察打了好幾通電話給我，但我無法接聽。

御先有時會在螺旋階梯上層的房間睡覺，在書桌前讀讀書，或是出門散散步。他不吃飯，也不換衣服。見到我時也沒有擺出尷尬的態度。

他讀的幾乎是有關生物或基因的書。

「你不看電影或是電視嗎？明明有那麼大的螢幕。」

我用下巴指了指如壁爐般大的螢幕後，他回答：「因為電影就像夢一樣。」

「都是別人見過的景色吧。我已經看夠了。」

我明白他的意思，但不想與他感同身受，於是拿起堆在一旁的書。是有些噁心的寄生蟲圖鑑。刊載著許多形狀奇妙的生物。

我心想，不知道寄宿在我體內的蟲是什麼形狀？翻過壁蝨、條蟲的頁面後，我看見一個生物的圖片，形狀有如展翅的蝴蝶。上面寫著真雙身蟲。

「是寄生在鯉魚腮部的蟲。」

不知何時站到我身後的御先說道。

「那好像是兩隻真雙身蟲合在一起的形狀。是雌雄同體，就算只有單一個體也能自體受精產卵，因此一遇見夥伴便會黏上去，一輩子在一起。」

「是喔。」我說道，將書還給御先。

「很有趣吧。」

「是啊。不過，不是雙胞胎吧。雙胞胎是一起出生的生物吧。」

御先沉默片刻後，回答：「是啊。」

「雙胞胎是一起出生，然後分開的生物。並非一心同體。」

雖然他平常就很冷靜，但我覺得他這次異常平靜，似乎刻意在壓抑感情。

「喂。」我望向他的側臉，他將視線落在書本上說道：「有缺什麼東西嗎？」我回答：「沒有。」

老實說，住在飯店十分舒適。頂多只是穿過飯店大門時被人行注目禮，沒必要與人交談，吃飯也不須與人打照面。安靜、整潔，感覺就像是待在時間停止的另一個世界。

第三天早上，我在一如往常的時間起床，換完衣服後，又回到床上。打工的地方打了我手機兩次，但我不予理會，睡著了。

在夢中，我感覺到御先的氣息。不久後，我發現那是他的記憶。一間純和風的大宅邸被松林包圍，綠意盎然。為重傷、重病所苦的人上門尋求希望。一年一次，在海岬舉行的儀式。灰色海浪化為白色泡沫，粉碎散去。流向大海的一族遺體。搖曳著烏黑長髮，年幼的御先出現。笑著在日式庭園內散步，摘下紅花。玩舊玩具。我心想，原來他也曾有過歡笑的時期。場面變換，御先穿著日式結婚禮服白無垢。耀眼美麗的新娘。站在他身旁的男人十分面熟。是御先的男隨從，好像叫作雅親。原來他們曾經是那種關係啊，我有些驚訝。兩人一臉幸福地互相微笑。牽著手走在白砂石道上離去。明明是幸福的場景，心卻隱隱作痛。我感受到記憶之主的哀痛情緒，陷入混亂。瞬間，場面再次變換。幽暗的空間。紅色液體在木板房中滴滴答答地散落。視線往上移動後，看見胸口染成一片鮮紅的御先。雙手握著小刀。披散著黑髮大叫：

「御先。」

瞬間，我意識到，這個人不是那傢伙。這是他的記憶。自己怎麼可能看見自己的姿態。那麼，這個與御先長得一模一樣的少女是誰？少女又刺了自己胸口一刀。濺出的鮮血染紅了視野。小刀掉落在地。我有印象。是御先隨身攜帶的物品。抱起少女後，她吐著血說道：

「讓我死。」

一陣劇痛湧上心頭，我放聲大喊，從床上跳起。心臟撲通撲通地跳動。我調整呼吸，用手摸索，尋找電燈的開關。房間已經一片漆黑。

我走出寢室，坐在沙發上。茶几上有一份晚報。我想轉換心情，便拿起來翻閱。看見似曾相識的人物照後，我停止動作。是公寓的女鄰居。報導標題的「虐待」文字映入眼簾。我逐字閱讀墨色的冰冷文字。

報上寫著女人將嬰兒扔在車站的洗手間而遭到逮捕。她將一動也不動的嬰兒扔下逃跑，但似乎有人聽見怒罵聲而報警。母親立刻被逮捕。找到嬰兒時，嬰兒已經腦震盪，送往醫院後隨即死亡。嬰兒的身上有幾處瘀傷，母親有虐待的嫌疑。

我拿著報紙站起來，爬上螺旋階梯。房間的正中央有一張雙人床，床邊亮著一盞檯燈。床中央微微隆起。

我站到床邊。御先雙手交扣，置於胸前入睡。這副模樣真的很像躺著一具人偶。他的外表看起來比剛才在夢裡見到的那名與他一模一樣的少女還年輕個兩、三歲。

「睡得可真久。」

我輕聲低喃後，御先悄悄睜開雙眼。

「因為想作夢。」

「那種夢愉快嗎？」我說完，輕聲笑道。

「夢就像濃酒。濃烈又暈眩。說是那麼說，但因為蟲的關係，我不曾酒醉過。」

他坐起身，瞥了一眼我手中的報紙。

「在你的公寓縱火的，是想讓我接工作的其中一人。」

「工作？」

「我之前提到的生計。無論何種時代，只要花大錢就能買到奇蹟。而且多的是輕易地奪去別人的生命，卻想要多少延長自己生命的人，令人厭煩。也有人利用這一點，企圖致富。我們一族就是如此。讓你在這世界誕生的，也是我們一族。」

我沉默不語。御先再次開口：

「你沒有錯。」

我隨後才發現他是在說嬰兒的事。

「那個嬰兒命該如此。本來就得不到救贖。」

「什麼意思？」

「如果對尚未發育的嬰兒使用力量的話，會影響他的生殖能力，可能會導致他變成像我和你這樣的人。你敢說你活在這個世界上很幸福嗎？」

我無言以對。

「既然如此，就別做有始無終的事。」

那時我不惜拜託御先拯救嬰兒，並非只是出於善意。那個嬰兒是以前的我。我並非單純地想救助他，只是不願相信有母親會拋棄小孩。知道我過去的御先，大概是識破我的本意了吧。

我應該十分清楚，有些生命不受到任何期待。但我卻不願意那麼想。

「即使擁有這種力量，也難以救人。有時也會遇到本人不希望得救的情況。所以，我盡可能不對人使用這種力量。」

御先望向我坦然地說道：「不過……」

「如果你希望的話，可以試試看。」

可是，你不是對那種事情絕望了嗎？

我如此思忖，卻詢問他別的事情。

「為什麼你會想把我這樣的人留在身邊？是因為沒有其他選擇嗎？」

「那也是原因之一，我並不是個正直的人，沒有資格去責怪誰。」

御先流暢地說道後，突然一笑。

「恐怕也不是人類吧。」

我笑不出來。坐在床邊。

「我剛才夢見和你長得一模一樣的少女。」

「那是我的雙胞胎姊姊。她身邊那個人是雅親的曾祖父。是她的丈夫。」

「你們長得真像。」

「是啊。」御先緩緩點頭。

「你應該也快知道我犯下的過錯了。到時候，你想責怪我就責怪吧。想離開我就離開吧。」

「我問你，你為什麼要睡覺？不是有可能會夢見不想夢到的事嗎？」

「大概是想後悔吧。」

他事不關己似地說道後，望向我。

「蟲群的糧食恐怕是生物的疼痛。不只身體的傷和老化，感覺也會啃食心靈的傷痛。因為人類的心會不記取教訓，持續疼痛。所以，當牠們吃不飽時，夜晚便會讓人夢見不想回憶的夢，啃食我的傷痛。」

御先滿不在乎地說道。指尖發出青綠色的光晃動。

「可以幫我打開窗戶嗎？」

我心想，你自己不會開喔。儘管對御先心存不滿，但還是走向做工精緻的圓窗，幫他開窗。溫暖的夜風吹了進來，帶來春天的氣息。我側耳傾聽，感覺有小小的東西在都市的喧囂中悄然綻放。

「櫻花開了呢。」

御先平靜地說道。

「去賞花吧。」他下床。我望著他纖瘦的背影。

他那如孩子般纖細的肩膀，經歷過多久的時間？

雖然不清楚你究竟承受了什麼，也不明白那件事有多沉重、多悲痛，但看你完全不表現在臉上，對人冷言冷語的模樣，令我感到有些痛快。

我本來想對他這麼說，最後還是作罷。

反正今後時間肯定多到令人厭煩，不急於這一時。

「我可以……」我如此低喃後，御先便回過頭。

「相信你。就給予你些微的信任吧。」

感覺聞到了花香。

鬼火

生物死後，就要埋進土裡。

媽媽這麼說。

最好在晚上。要不然就是在太陽還沒升起的一大清早。鈴子那麼愛睡懶覺，一定起不來。

我大聲吶喊才沒那回事，不過，果然還是起不來。

所以，我總是在夜晚埋葬。牽著媽媽的手，進入幽暗的森林。手電筒的光很微弱，黑暗中傳來毛骨悚然的鳴叫聲，但有媽媽陪著我，我一點兒也不害怕。是夜晚的鳥喲。媽媽吟誦般地如此說道，像是看得清前方的路似地在幽暗的森林中前進。媽媽發現一棵大樹後，在樹根挖了一個洞。接著把死掉的金魚埋進去。我也有幫忙。我們用落葉和草蓋住埋葬的場所後，媽媽敲了敲樹幹笑道：「沒事的。」

那是對金魚說的，還是對我說的呢？

媽媽已經不在了，所以我不知道答案。

即使金魚死掉，新媽媽也不會埋葬牠，而是沖到馬桶裡。我跟她說必須埋起來，但她指向陽臺回答又沒有土。

這個城市盡是些灰色水泥和黑色柏油路，但只要仔細尋找，還是找得到土。只要去公園或神社，也看得見大樹。按照媽媽所說的時間去的話，人也很少。

我選了一棵媽媽應該也會開心的樹，在樹根挖洞。草一下子就能挖掉，泥土也很柔軟。

因為草跟土都在睡覺，所以夜晚或清晨特別好挖。

樹葉沙沙作響的聲音，聽起來就像媽媽的聲音。

深夜裡，都市的天空依然微亮。只有地面挖的洞裡一片漆黑。媽媽的奶奶居住的村子裡，似乎也會把人埋起來。要挖多大的洞，才能把人埋起來呢？光靠我一個人，一定挖不出來。村子，感覺像是日本童話才會出現的詞喔。

我思考著這種事，挖土埋葬屍體。埋好後，模仿媽媽敲了敲樹幹。

然後，瞪大惺忪的睡眼等待。等待青色的光。媽媽說那是鬼火。她小時候看過很多。

我總是睏得站不直，腦袋不斷撞向樹木。不過，既然媽媽看得到，我也一定能看到才是。

在我如此等待的某個夜晚，遇見了那個人。

是個操縱青色鬼火，漂亮無比的大姊姊。

小學書包在背後喀喀作響。

我將掛在脖子上的粉紅兔卡套蓋到機器上方後，跑出車站的驗票口。搬來這座城市的時候，我害怕走路快速的人們，一直不敢靠近車站。所以等哥哥上完課後再一起回家。

不過，兩年前，哥哥上了國中，學校很遠。我也想趕快上國中，但還必須等三年，而且聽說哥哥讀的學校是頭腦很聰明的男生才能讀的地方。哥哥是我的驕傲。

哥哥不在後，我就跟朋友一起回家。不過，車站的驗票口只能一個人通過。一開始我還拖拖拉拉的，穿西裝的叔叔對我咂舌表示不耐，可是現在只要電車的車門打開後，我就能比誰都快通過驗票口。最近也不等朋友了。班會結束後，我就會立刻衝向鞋櫃。

最近我非常忙。因為屍體越來越多。

我踮起腳尖按下密碼。公寓的大門一下子開啟，我再次邁步奔跑。在電梯前雙腳踏步時，一隻手輕輕放到我頭上。從手的溫度和重量，我判斷出那是哥哥的手。

「鈴子，妳可真急呢。」

就算不看也知道。這是哥哥心情愉快時的觸摸方式和聲音的感覺。他一定在笑。我回過頭說：「果然沒錯。」於是，哥哥捏了捏我的臉頰回答：「沒錯什麼？」

我們一起搭電梯。哥哥輕輕鬆鬆地按下我必須踮腳才能按到的八樓按鍵。自從上了國中後，哥哥的身高就越來越高。

電梯門關上後，宛如四角盒子的狹小電梯裡充滿了哥哥的味道。就像夜晚森林的青草味。其中摻雜了一些握住鐵棒時的臭味。哥哥又捏了捏我的臉。味道變得濃厚。心臟撲通撲通跳動，但因為搭電梯的關係，身體和頭腦輕飄飄的。我喜歡這種感覺。雖然有點可怕，但全身放鬆。就像憋到最後一刻才去廁所尿尿時，一切都無所謂的感覺。

兩人回到家後，新媽媽從沙發上站起來，急忙降低電視的音量。「你們回來啦。」她一邊說，一邊摸著自己的大肚子。「鈴子，冰箱裡有布丁喲。」她雖然笑著這麼說，卻一直偷看哥哥的臉色。

「鈴子，她說有布丁耶。」

哥哥推了一下我的背。「哇啊！」我明明一點兒都不高興，卻大聲歡呼。新媽媽買的甜點，上面放了一堆奶油和水果，但吃起來只有甜味，沒有其他味道。而媽媽做的布丁什麼裝飾也沒有，偶爾還坑坑洞洞的，卻著著實實有著雞蛋的香味。不只點心，這個人謊稱是自己做的而買來的飯菜，也只有鹹味，一點兒都不好吃。

直到我們走到廚房，都可以感受到新媽媽一直在盯著我們。哥哥放在我背部的手變得僵硬。

「什麼事？」

啊。我注意到了。

「幹嘛一直盯著我們？」

哥哥的聲音中帶有緊張尖銳的感覺。那種感覺傳到我的脊梁，令我不禁挺直了身體。

「啊……抱歉。鈴子，妳知道布丁放在哪裡嗎？」新媽媽說。

我希望她趕快去別的地方，用力點了點頭。哥哥從鼻子裡發出冷笑。

「在意的話就問啊。問我為什麼這麼早回家。」

「那個，呃……」

「我早退啦，早退。頭痛得要命，想吐。」

哥哥的手從我的身上移開。

「真是的，妳用那種眼神看我，害我又想吐了。」

新媽媽慢慢往後退，不小心撞到沙發旁的玻璃圓桌。哥哥盯著新媽媽，我急忙握住他的手。

「鈴子。」

他的聲音很冷漠。

「我不吃布丁了。」

哥哥甩開我的手，打開我們背後的冰箱，拿出碳酸果汁說：「我去睡一下，起來去補習。」然後離開廚房。聽見哥哥房門上鎖的聲音後，新媽媽嘆了一口氣。

自從哥哥上國中後，我們就各用一個房間。哥哥只有在他心情非常好或非常壞的時候，才會讓我進他的房間。我只好從冰箱拿出布丁，一個人吃。

布丁就像是堆滿香蕉和哈蜜瓜的聖代一樣，我只吃了一半就覺得胸口灼熱，不舒服。我的內臟逐漸被塗上黏膩的生奶油。光滑的白色與紅色。我想像了一下後，覺得越來越噁心。我將布丁塞進嘴裡，能塞多少就塞多少後，跑去廁所，朝馬桶吐了出來。碎碎的草莓、奇異果、藍莓糊成一團的布丁，和生奶油混在一起，浮在馬桶裡。四周則是形成一道油膜。

我漱了漱口，洗完手，在玄關綁帆布鞋的鞋帶時，新媽媽走了過來。哥哥的房間在玄關的旁邊。我將食指抵在嘴唇後，她輕聲說道：「鈴子，晚餐把放在冰箱的焗烤拿出來微波吃吧。」這個人只為爸爸準備餐點，爸爸出差的話，我跟哥哥不是在外面吃，就是吃微波食品。「把這個拿給正樹。」說完，她把錢塞進我的手裡。黏在長指甲上，像串珠一樣的石頭閃閃發光。

新媽媽不會對我說「路上小心」，也不會問我「要去哪裡？」我放輕腳步離開。走廊深處爸爸他們睡覺的房間，發出房門關上的聲音。鎖門聲輕聲響起。

新媽媽不關心我，而且害怕哥哥。那個人重視的只有肚子裡的小孩和爸爸。我和哥哥都知道，等到小孩出生後，她想跟我們分開住。哥哥似乎有時候會偷錄爸爸和新媽媽說的話。哥哥無所不能。

我輕輕關上玄關的門後，在公寓的長廊上奔跑。

我跑過吵鬧的馬路，路上完全沒有我這種年紀的小孩。我兩階兩階地爬上神社的石階。已經傍晚了，必須快點才行。

我調整了一下呼吸後，偏離通往神殿的石道，走在土壤上。因為昨晚下雨的關係，帆布鞋被泥土掩埋。我撥開藍色繡球花草叢前進，開始聞到樹林的味道，氣溫有些寒冷。神社的深處有森林。街道的聲音被樹木阻隔，逐漸變得遙遠。

反倒能聽見烏鴉的叫聲。牠們發出可怕的聲音，嘎嘎地大聲鳴叫。

啊啊，來晚了。

有一團黑黑的東西，在長得筆直的大樹樹根下動來動去。烏黑尖銳的嘴拉著長滿毛的肉，撕碎。許多翅膀發出啪沙啪沙的聲音。

我撿起附近的樹枝走了過去。一隻矮胖的烏鴉朝我張大嘴巴鳴叫。宏亮的聲音嚇得我僵在原地。

我動彈不得後，那群烏鴉看都不看我一眼，繼續啄肉。

這時，一隻白皙的手突然從隔壁的樹蔭出現。一個身材苗條的人伸出手，就這麼走近那群烏鴉。

其中一隻發出比剛才還要尖銳的聲音鳴叫，聚集在屍體旁的其他烏鴉便一齊飛走。黑色羽毛飛舞。皮膚白皙的美人沒有揮開掉下來的羽毛，俯視躺在地面的屍體。

在逐漸陰暗的空氣中，淡青色光芒朦朧地包圍在那個人的四周。

「大姊姊！」

我大喊跑向她後，青色光芒便快速地被大姊姊的皮膚吸收，消失不見。我揉了揉眼睛。青色光芒並非每次都能看見。

那群烏鴉在樹上悔恨地鳴叫。我縮起脖子後，大姊姊便瞇起雙眼。

「沒事的，鳥不會再過來了。」

沒事的。我心想，好像媽媽喔。雖然大姊姊不怎麼笑。

「為什麼？」

「因為動物不會靠近我。」

「果然沒錯。」我伸出雙手握住大姊姊的手。不管什麼時候觸摸，她的手都是冷冰冰的。

「大姊姊妳是吸血鬼嗎？」

「那是什麼？」

大姊姊說話的方式有點像男生。頭髮也很短，總是穿著褲子。不過，長得比任何女人都漂亮。就算不做時尚打扮，也比電視上看到的偶像和女演員還要美麗。乾爽的茶色頭髮、長長的睫毛，皮膚也雪白又光滑，好像小時候媽媽送給我的莉卡娃娃。

「我把妳的事情告訴朋友後，朋友說妳會不會是吸血鬼。能趕走烏鴉，又總是只能在晚上遇見妳。沒想到今天竟然能在這種時間看見妳。」

我開心得甩動大姊姊的手。

「因為鳥在騷動。」

她平靜的聲音令我驚覺過來。黑色羽毛散落的地面上，有著已變成泥土、毛、肉混成一團的貓咪屍體。頭跟身體分離，雙眼變成黑色的空洞。我覺得呼吸困難。

「昨晚下雨，我來不了……」

「我想也是。好了，來埋吧。埋在這裡可以嗎？」

大姊姊蹲在樹根，開始用手挖土。我急忙從塑膠袋中拿出鏟子給她。兩人蹲在一起挖洞。

櫻花綻放前，我在這個都市的小小森林遇見了大姊姊。我記得當時是個寒冷的夜晚。我一如往常地埋葬屍體，等待鬼火。因為太睏太冷，所以我就餵野貓吃魚肉香腸。我抱著貓，覺得很溫暖。

喉嚨發出聲音，讓我撫摸的貓咪們，突然一溜煙地逃跑，我抬頭一看，發現大姊姊站在黑暗中。她穿著白色衣服，身體發出青色光芒。

一瞬間，我以為是媽媽的鬼魂。因為媽媽也是短髮，身材苗條。

不過，並不是。「媽媽？」我說，大姊姊看著我微微搖了搖頭。青色光芒立刻消失。從那晚起，大姊姊便一起幫我挖洞。

當我望著土壤裡黑漆漆的洞時，有時會想，我死後誰來幫我挖洞呢？感覺不埋進土裡，就無法變成青色的鬼火。媽媽死於車禍，身體被燒掉了。我太小，家人不讓我看她的屍體，也沒辦法跟去撿骨，但哥哥說骨頭很輕，像蛋白霜餅乾一樣。

那已經是很久以前的事了。

聽說像我這種年齡的孩子，才不會說什麼以前。說的話，會被笑好像在說故事一樣。可是，大姊姊沒有笑我。只是微微瞇起眼睛而已。

「如果我死了，妳能幫我埋葬嗎？」每當我這麼問，大姊姊一定會回答：「我答應妳。」大人都討厭小孩提到死亡的話題，可是大姊姊不笑也不生氣。她會用跟平常一樣的表情說：「誰都會死。」真是個奇妙的人。我想大姊姊可能是媽媽從那個世界送過來的鬼火精靈。

「大姊姊也希望被埋葬嗎？」

她挖洞的手停了一下。

「我們村裡不埋葬。而是回歸大海。聽說如果不這麼做的話，就無法輪迴轉世。」

「村裡？」

「是啊，在大海旁的古老村落。」

我想起媽媽，覺得很開心。「對了。」大姊姊說。

「妳剛才說的吸血鬼是什麼？」

「會吸人血的美麗怪物。」

「吸血？就像母蚊和吸血蝙蝠那樣嗎？」

「母？」

「據說公蚊不吸血。以血為食的生物非常少。可能是因為血不衛生，得病的風險比較高。在哺乳類裡很稀奇呢。」

大姊姊有時候會講一些大道理。這一點跟哥哥很像。

「不是像蚊子那樣奸詐的感覺。吸血鬼會吸得更優美。讓被吸血的人神魂顛倒。而且呀，會永遠美麗地活下去。」

大姊姊微微睜大眼睛。像彈珠般明亮的茶色眼瞳，有時會像貓一樣，在黑暗中發光。

「可是啊，他們怕光和十字架。被光照到，就會化成灰。」

「會死嗎？」

「大概。所以白天會在棺材裡睡覺。」

大姊姊呵呵笑了笑。

「真是奇怪的生物呢。明明那麼輕易就能死去，竟然還吸人血，永遠生存下去。」

大姊姊確認洞的深度後，站起來。在樹梢觀察我們的烏鴉全都一起飛走了。大概是因為天色暗了，牠們要回家吧。

「我不吸血。」

大姊姊還在笑。真難得。「嗯，我知道。」我說完後也站起來。天空發出物體流動的聲音，不知道是飛機還是雲。

「那個叫吸血鬼的生物，應該是披著人皮的野獸吧。」

「為什麼？」

「因為人會選擇死亡。」

我以為她在笑，結果沒有。她的眼神很平靜。看起來像是在俯視我，但其實卻沒有在看我。看著大姊姊的眼神，我覺得她好像會到很遠的地方去。我輕輕伸出手。

「御先！」

一道宏亮的聲音突然響徹整個森林。我嚇得跳起來。

「喂，御先！終於找到你了。別人在說話的時候，不要突然跑走啦。」

一個巨大的人影越靠越近。我躲在大姊姊的身後，大姊姊不高興地說道：「說話別那麼大聲。」

「我應該說過行動要避免引人注意。尤其有第三者在的時候更要小心。你難道沒看見這孩子嗎？」

「搞什麼啊，說的話跟水戶黃門似的。」

「沒被人跟蹤吧？」

「沒有、沒有，御先大人。是有一、兩個可疑的人沒錯，但我甩開他們了。拜你所賜，我嗅覺、聽覺和運動神經都越來越出類拔萃了。」

我這才發現大姊姊的名字叫作御先（MISAKI）。跟哥哥的名字正樹（MASAKI）發音很像，令我心跳加速。

「大姊姊，妳叫御先嗎？」我抬頭望著她。因為大姊姊散發出一種難以提問的感覺，所以我一直錯過問她名字的時機。

「啥？大姊姊？」高大的男人發出高亢的聲音。

人。

男人捧腹大笑。大姊姊背對他，蹲到屍體的旁邊。我想要幫忙，結果大姊姊仰望男

「吵死了。少礙事。給我消失。」

「真是的，嘴巴這麼毒。」

男人聳了聳肩，「知道了啦，我來幫你。」說完，探頭窺視大姊姊的手邊。他嚇了一跳，望向我。

「喂，這個，不該讓小孩看到吧。」他在大姊姊的耳邊低聲說道。大姊姊沒有改變表情。

穿著寬鬆衣服的高大男人，眼睛是黃色的。我心想，好像老虎。皮膚也是黃褐色的，長得像國外的演員。聲音粗粗的卻很甜美。感覺班上的同學看見他，會瘋狂地吵鬧。似乎很適合扮海盜。是跟大姊姊完全不一樣的類型。

「這是什麼？貓嗎？說是烏鴉啃的，未免也太悽慘了吧。頭跟手腳都七零八落的，又是腦袋有問題的傢伙在惡作劇嗎？」

大姊姊沒有回答。她一語不發地用鏟子連同底下的土壤，挖起屍體的一部分，移到洞裡。

「小妹妹，過來這裡一下。不要看比較好。」

男人對我招了招手。「她叫鈴子。」大姊姊在背後說道。

「妳叫鈴子啊。」

我點頭。男人的眼睛周圍瞇起皺紋，露出笑容。他的牙齒非常白，讓我有些心跳加速。長長的捲髮像音樂人一樣，很帥氣。

「你是大姊姊的男朋友嗎？」

男人噗哧一笑後，「別這樣，我會暈倒。」大姊姊同時搖頭說道。

「我也不要好嗎！像你這種乖張的臭老頭，令人倒胃口。」

「老頭？為什麼？大姊姊明明那麼漂亮。」我說道後，男人一臉為難地回答：「外表是啦。」

「大哥哥你也長得很帥。」

「謝謝妳。」

男人對我眨了眨眼。我又小鹿亂撞了一下。

「我啊，叫阿四。」

「阿賜……哥哥？」

是韓國人嗎？完全看不出來。

「對，是數字的四。直接叫我阿四就可以了。」

男人伸出他大大的手。我輕輕握住後，他用力把我拉過去，輕而易舉地抱起我的身體。男人讓我坐到他的肩上，到處走來走去。平常所見的景色在腳下搖晃。好像以前的爸爸。

我心想，他是想讓我忘記那隻貓的屍體嗎？其實我早就看習慣了。不過，等我回過神後，發現自己在笑。阿四哥哥也哈哈大笑。

大姊姊仰望著我們，一副受不了的樣子，又繼續製作墳墓。不過，她冷漠的側臉露出些許的微笑，被我看見了。

森林越來越暗。感覺媽媽還活著的時候也有過這樣的時光，我開心得有點想哭。

我坐在神社的長椅上，和御先姊姊喝果汁。話是這麼說，其實喝果汁的只有我一人。我沒有看過她吃東西或喝飲料的樣子。

我時不時偷看她蒼白的側臉，心想她果然是吸血鬼吧。嘴唇就像在黑暗中若隱若現的鳥居一樣紅。真的很漂亮。

因為神殿四周整個晚上會陸陸續續亮起橘色的燈，所以也有人晚上來參拜。即使沒有照明，隔壁市街的燈光也使得神社明亮。有穿著短裙的花俏女人，或是拄著拐杖的老爺爺、老奶奶來參拜，扔完香油錢，雙手合十後便回去。祈願的大多是女人和老人。我不祈願。因為我知道我的願望不會實現，而且我看來神社祈願的人都是弱者。

每個路人都不時瞥向御先姊姊。因為她長得很漂亮，但我想也是因為她的襯衫沾滿了泥土的關係吧。

埋完屍體後，御先姊姊用自己的襯衫擦拭弄髒的手。襯衫沾滿了泥巴。

「喂，你在幹嘛啊？」

阿四哥哥大聲說道。御先姊姊一臉嫌吵鬧似地在眉心聚起皺紋說：「我不喜歡手髒髒的。」

「那衣服沾滿泥巴就可以嗎？」

「你要是看不慣，再買新的衣服給我就好了吧。」

「開什麼玩笑，那是你的衣服吧。」

「因為看不慣的是你，不是我。」

御先姊姊一點都不在乎打扮。總是穿著白襯衫和褲子。這一點讓我覺得酷又棒。阿四哥哥模仿她的語氣說：「是你，不是我。」個頭那麼大，卻像個小孩一樣，真好笑。

御先姊姊露出冰冷的視線望向他，將手伸到前襟說：「我知道了，那我脫掉。」

「等一下。喂，別脫啊。別在這種地方脫衣服。」

阿四哥哥連忙揮了揮手。

「別露出你那蒼白的身體啦。」

「是嗎？那就麻煩你買新衣服囉。」

御先姊姊瞇起眼睛笑了。「真受不了你這個大小姐。」阿四哥哥雖然咂了咂舌這麼回答，還是快步走出森林。

我想起這件事，嘻嘻嗤笑時，御先姊姊望向我問道：「怎麼了？」

「因為我第一次看到。」

「啊啊，妳是指那傢伙啊。很吵對吧。」

「不是，是第一次看到大姊姊露出那種表情。」

御先姊姊一臉疑惑。

「我露出怎樣的表情？」

問我怎麼樣啊，我覺得很難形容。稍微思考了一下。

「算是……很開心吧？」

「但並沒有發生什麼開心的事啊。」

「唔……因為御先姊姊總是很平靜的樣子，所以我覺得妳會像那樣跟別人鬥嘴很難得。」

「這樣啊。」御先姊姊閉上眼睛。

「這幾十年來，我的確沒跟人爭吵呢。」

「幾十年？」

這個人有時候會說奇怪的話。御先姊姊面帶微笑，撫摸我的頭。她總是像在探索什麼似地，輕輕觸摸我。

說到這裡，我現在也不跟哥哥吵架了。是從什麼時候開始的呢？大概是媽媽死掉之後吧。

「那傢伙一下子氣一下子笑的，變化多端，讓人心情放鬆。就像看萬花筒一樣。」

萬花筒。在圓筒裡放進串珠跟鈕釦，我跟媽媽一起做過。我沉默不語，御先姊姊站起來。

「我差不多該離開了。」

「妳不等阿四哥哥嗎？」

「我只是想把他支開而已。妳也快點回家吧。我聽說最近這一帶有女性遇襲，妳最好暫時不要來這裡。」

我感到不安，抓住御先姊姊的襯衫衣襬。

「我們還會再見面嗎？」

「這個給妳。」

御先姊姊用她冰冷的手指攤開我的手，將一個堅硬的小東西放到我手中。是食指一樣長的銀色哨子。

「妳來這裡的時候就吹它。」

「謝謝妳。」

御先姊姊沒有回答。我仰望她，發現她正望著鳥居的方向。明明動物不喜歡她，她卻像貓咪一樣。有時候會一直盯著空無一物的黑暗。她俯視我，把手伸向我說道：「我送妳回去。」御先姊姊從來沒有送我回家過。我們總是在這座神社分別。這次怎麼會突然說要送我回家呢？

我正在猶豫時，傳來有人爬上石階的腳步聲。

不久後，冒出一張男孩子的臉，身上穿著學生制服。我從長椅上彈跳起來。

「哥哥……」

哥哥停下腳步後，一隻手插進口袋望向我。

「鈴子，妳果然在這裡。我看妳不在家，到處找妳。」

我連忙站到御先姊姊前面。

「對不起。我正要回家。」

不行。我不想讓哥哥看見這個人。因為哥哥一定會喜歡御先姊姊那雙像彈珠一樣的眼睛。

「那個人是誰？」

哥哥慢慢走了過來。他鞋底下的小石子發出刺耳的聲音。哥哥的學生制服比夜晚的空氣還要黑。我這才發現，像烏鴉一樣黑。

「剛才遇到的人。她幫我找我弄丟的東西。」

不能讓哥哥知道御先姊姊是我重視的人。媽媽送我的娃娃，全被哥哥弄得四分五裂。

不過，說謊後，我馬上發現我做錯了。

「那真是謝謝妳了。」哥哥探頭窺視御先姊姊的臉。我的心臟撲通地狠狠跳了一下，接著開始劇烈地快速跳動，感覺就快要從嘴裡跳了出來。明明不熱，我卻開始冒汗。

「是外國人嗎？還是混血兒？」

哥哥目不轉睛地盯著御先姊姊的眼睛問道。他淺淺一笑，用英語打招呼。

御先姊姊瞇起眼睛回望哥哥，立刻別開視線。「再見。」她向我微微低了低頭，邁步離開。我鬆了一口氣。

「妳讀哪一所高中？」

哥哥追上御先姊姊。

「還是，妳是國中生？」

御先姊姊沒有回答。「欸，等一下啦。」哥哥繞到她面前後，御先姊姊才終於停下腳步。

「妳該不會沒有去上學吧？我懂。像妳這樣的女孩，一定很引人注目吧。在學校那種封閉的場所，應該不好過吧？妳襯衫怎麼會沾上泥巴？該不會……」

「我沒興趣聽你廢話。」

御先姊姊低聲打斷哥哥的話。聲音很輕，卻在安靜的神社中回響。哥哥發出尷尬的笑聲。

「妳是怎樣？傲嬌嗎？」

御先姊姊走過哥哥的身旁，頭也不回地穿過鳥居，走下石階。

「謝謝妳照顧我妹妹～」

哥哥拉長尾音大喊後，再次笑道：「那傢伙是怎樣？真奇怪。」一隻手不安分地一下子插進口袋，一下子又拿出來。令我在意地不得了。

「回家吧。」哥哥說完後，從我手上拿走果汁罐，扔向繡球花草叢。我覺得這麼做不好，但不敢說出口。

之後，哥哥在回家的路上一句話都沒有說。我怕跟不上，小跑步地追在哥哥身後。大馬路上商店燈光閃閃爍爍，喝醉的人吵吵鬧鬧。經過那裡的時候，哥哥一直把一隻手插進口袋。

我在電梯裡偷偷觀察哥哥的臉。很白。一直大聲跳動的胸口一下子變得和緩下來，手腳癱軟沉重。我非常了解這種感覺。是放棄。哥哥在生氣。

我蹲在玄關脫帆布鞋。哥哥一直低頭看著我。等我站起來後他說：「鈴子。」

「妳沒有遵守約定。」

我手指發抖，一直解不開鞋帶。

「我說過不能在我不在的時候，跟陌生人說話吧。」

「御先姊姊她……」

「御先姊姊啊。」

哥哥用平板的聲音說道。完蛋了。太陽穴一帶變得冰冷，失去血色。我不敢再看向哥哥。

「妳常常半夜跑出去，是跑去見剛才那個女生吧。」

哥哥把手伸到我的面前。我的帆布鞋還是脫不下來。

「過來。」

他抓住我的手，拖著我在走廊上走。我的眼角看見自己的一隻帆布鞋掉落在空蕩蕩的玄關上。

哥哥打開房門，把我扔到地板上。好久沒進到哥哥的房間。白天也拉上窗簾，放在房間角落的藍色燈光像水族館一樣陰暗。人類的骨頭和肌肉的標本、大型電腦和許多遊戲機、書本、影片、各種大小的骸骨、掛在牆上的灰色小刀、手銬和空氣槍。以及，擺在架子上的玻璃瓶。瓶子裡沉著和御先姊姊十分相似的茶色眼珠。

後方傳來上鎖的聲音。哥哥變成一道黑影，擋在門口。

我關起了自己體內的開關。

我其實不想對鈴子做這種事的。

沒錯，哥哥這麼說。表情一臉痛苦。

所以，我關掉了開關。關掉開關後，就會像搭電梯時一樣，輕飄飄的，腦袋一片空白。我要變成娃娃。不管受到什麼樣的對待，也沒有任何感受。不會痛，也不會害怕。可憐的是哥哥。因為他不知道關掉開關的方法。又罵、又哭、又笑，一邊喘著氣，一邊對我的身體做出殘忍的事。結束後，哥哥總是說他頭痛睡不著。有時候還會吐。

沒事的。我模仿媽媽對他說。然後，哥哥就會露出有些安心的表情。

可是，這次不一樣。哥哥到了早上還是很奇怪，不允許我說話。我保持關上開關的狀態去上學。

老師和朋友的聲音聽起來很遙遠。就像我一個人潛到游泳池底。只有陽光非常閃耀刺眼。體育課時，我把哥哥寫的信拿給老師看，休息沒有上。營養午餐吃起來一點兒味道都沒有，我一直坐在自己的位置，等待一天快點結束。

我在鞋櫃換完鞋子，離開玄關後，看見哥哥揹著背包站在校門旁。他一看見我，就笑著舉起一隻手。

其實我知道哥哥一直沒去上學。升上國中後，哥哥就不想去上學。把制服和書包弄得髒髒的回家後，鄙棄地說那些傢伙全都蠢斃了。

「鈴子。」哥哥把手放到我的頭上。朋友笑著對我說再見，然後離開。哥哥代替我對她們揮手。右手放在口袋裡。

「好了，我們走吧。」

哥哥朝回家的相反方向走去。我不禁停下腳步。哥哥哼著歌回過頭，望著我說：「妳答應我要把昨天那個女生叫來吧。」眼睛沒有笑意。

我的脈搏越跳越快，身體同時越來越疼。感覺體內很熱，頭昏眼花。怎麼辦？沒辦法順利關上開關。

到達神社後，我把銀色哨子拿給哥哥看，哥哥露出不屑的表情。而且哨子無論怎麼吹，都發不出聲音。「妳在耍我是吧。」哥哥這麼說，表情非常恐怖，害我不敢去找被丟到繡球花叢的哨子。

哥哥把我帶到森林裡後，將我綁在粗樹幹上。登山用的堅固繩子陷進我的手臂，我的手和背部感受到樹幹粗糙的感覺。

「那女生來了我才放開妳。」說完後，哥哥笑了笑，消失在森林的深處。

烏鴉在遠方鳴叫。哥哥離開後，感覺森林突然騷動了起來。樹梢、草叢、樹蔭，到處藏著又黑又可怕的東西，感覺想要把我吞沒。

哥哥可能已經不需要我了。才會把我扔在這裡走掉。

一想到這裡，我的眼淚便流了出來。因為我的嘴裡塞著毛巾，發不出聲音。只湧起心酸和淚水。

這時，啪嘰一聲，傳來踩斷小樹枝的聲音。我抬起頭，看見白色的東西從樹木間現身。是御先姊姊。

「嗯——嗯——」我在喉嚨深處發出聲音，拚命搖頭。

結果造成反效果。御先姊姊發現我，跑了過來。我頭搖得更劇烈。不可以過來這裡。

御先姊姊跑得比我想像中的還要快。她繞了一圈綁著我的樹木周圍，開始解開繩索。但哥哥綁得很緊，沒有那麼容易解開。

拜託妳。先拿下我嘴巴裡的毛巾。

我胡亂擺動手腳。御先姊姊探頭望著我。她身後的草叢無聲地晃動，哥哥默默地從那裡冒了出來。他的右邊口袋裡總是放著小刀。這時響起小刀飛出的冰冷聲音，御先姊姊回過頭。

那張漂亮的臉。

明知發不出聲音，我還是只能尖叫。我閉上眼睛，大聲叫喊。毛巾被我的口水和眼淚弄得一塌糊塗。怎麼辦？怎麼辦？都是我害的。全部，都是我害的。

「嗚哇啊！」傳來這樣的聲音。不是御先姊姊發出來的。

我提心吊膽地睜開眼睛後，看見哥哥一屁股跌坐在地。有個高大的男人雙腳大張，氣勢洶洶地俯視著哥哥。是阿四哥哥。小刀的刀柄從他緊握的拳頭突出。紅色的血沿著他的手腕流下。

「痛死我了。」

阿四哥哥咂了咂舌，拳頭發出微微的綠光。他把血抹在到處破洞的褲子上後，青色的光芒便像是被吸進手掌一樣，消失了。看不見任何像傷口的東西。是我眼花了嗎？明明有流血，卻沒有受傷。

「這個臭小鬼是怎樣？」

阿四哥哥抓住哥哥的脖子，像拿起絨毛娃娃一樣，輕輕鬆鬆地舉了起來。哥哥的臉瞬間變得通紅。好像也無法發出聲音。阿四哥哥等到哥哥的臉發黑後，才把他扔到地上。哥哥滾落在地，身上沾滿了落葉和泥巴，劇烈地咳嗽。

「小刀給我。」

御先姊姊單手接住阿四哥哥扔給她的小刀後，轉動手腕，切斷我的繩子。動作很流暢。我跪倒在地，她冰涼的手觸摸我的臉頰，輕輕拿掉塞在我嘴裡的毛巾。我緊緊抱住她。

「對不起！對不起！」

「為什麼妳要道歉？」

御先姊姊輕聲說道，我又淚流滿面，無法順利發出聲音。

「因、因為……他是……我的哥哥。都是我害的。」

「咦！這傢伙嗎？」

阿四哥哥踢飛想要站起來的哥哥，並且回過頭。

「可是，這傢伙……」

「看來你的嗅覺總算靈敏了一點。沒錯，一直殺貓的就是那傢伙。身體染上了內臟和血的腥味。把貓活活地剖肚，挖出眼珠，剁碎，就這樣殺了幾十隻貓。最近用小刀隨機劃傷女性和老人的，也是這傢伙吧。他身上也有人血的味道。」

我抬頭仰望御先姊姊的臉。原來她知道。

「不是的。那些貓是代替我被殺死的。因為哥哥不想對我做那種事，只好殺貓。是我不好。」

「啥？是這傢伙說的嗎？妳在說什麼鬼話啊？」

哥哥在地面爬，想要逃跑。阿四哥哥踩住他，不讓他逃跑。哥哥像被抓到的烏龜一樣，擺動著手腳。

「不是這樣的。」

御先姊姊雙手捧住我的臉，把我轉向她。

「鈴子妳一點錯都沒有。怎麼可能是妳的錯。妳仔細聽我說。妳的大腿和背後都受傷了吧。是被鞭子還是什麼東西用力打的吧？傷口化膿，讓妳發燒。另外，身體裡面的血還沒有止住吧。」

我嚇了一跳，看向自己的腳。血應該沒有從內褲裡流出來。到了早上，血還是從大腿間流個不停，我今天一直把面紙夾在內褲裡。為什麼御先姊姊會知道？

「妳的陰道受傷了。必須立刻去醫院，要不然以後可能會生不出小孩。」

「我不需要生小孩……」

我的聲音在顫抖。因為，要是我生小孩的話，哥哥一定會弄壞他。

「妳不用現在決定。」

御先姊姊這麼說道後，從口袋拿出手機，抵在耳邊。

「雅親，馬上來接我。不對，不是我。鳥居下有個十歲左右的小女孩。立刻送她去醫院。」

「喂，結果你還是要依賴那傢伙嗎？」

阿四哥哥發出不愉快的聲音。御先姊姊無視他，推了一下我的背。

「去鳥居那邊等著。會有個穿黑色西裝的男人過來，照他的話做就好。沒事的，他很溫柔。」

「他是誰？我不要，御先姊姊也陪我一起去。」

「他是我姊姊的曾孫。別擔心。」

「曾孫？」

「喂，別把事情弄得更複雜啦。他是這傢伙的小弟……奴隸……不對，是隨從啦。」

「前隨從。」御先姊姊站起來，背對我。

「快點去。」

「可是，那哥哥呢？」

「我要讓他稍微反省一下。」

「說得對。」阿四哥哥踢了一下哥哥的頭。發出東西碎裂的噁心聲音，哥哥被踢飛，一動也不動。御先姊姊走向他。手裡溢出青色的光，籠罩哥哥滿是鼻血的臉。

「別踢頭。尤其是下巴。馬上就會失去意識。」

御先姊姊跪到哥哥的身邊，抓住他衣服的前襟，拍了拍他的臉頰。哥哥發出呻吟，睜開眼。

「阿四，要踢的話就踢肚子。因為內臟破裂好像也不會馬上死亡。」御先姊姊一如往常平靜地說道。

阿四哥哥打開哥哥的背包。

「哇，是拷問刑罰史跟全彩的解剖學圖解啊。這興趣還真有品味啊。喂，你喜歡哪一種拷問？啊，還有堅固的繩索耶。要不要試試手腳向後綁在一起，吊起來轉啊？我還滿會綁人的喔。就來一個一個嘗試你對貓咪過的事吧。吊在那邊的樹枝，剖開內臟。」

「殺、殺人啊……！」

哥哥的喉嚨發出我從來沒聽過的慘叫。

「放心吧。不會殺了你。」

御先冷靜地回答。「我說啊。」阿四哥哥推開御先姊姊，揪起哥哥的頭髮。

「我是不知道你是什麼樣的人，也不知道你有過什麼痛苦的回憶啦。你可能也有你的說辭。不過啊，那種自私的藉口，又關被你殺害的貓和被你傷害的人什麼事啊？你知道嗎？你的妹妹啊，一直在代替你埋葬貓，幫牠們做墳墓。就算被綁在樹上，還是替你說話。不管遇到什麼事，有這樣的人在身邊就夠了吧。」

他跨坐在哥哥的身上。

「聽說你活生生地把貓的眼珠挖出來？你是想當醫生嗎？還是只是個變態？不管怎樣，既然你喜歡幹這種事，最好也體會一下對方的痛苦吧。」

阿四哥哥的大拇指陷進哥哥的眼睛下方。

「我就慢慢地讓你體會生不如死的痛苦。」

「住手、快住手！」

等我回過神來，發現自己已經撿起掉在地上的小刀奔跑。

「他是我的哥哥。拜託你住手！」

我被樹根絆倒，用力撞向阿四哥哥。阿四哥哥「唔！」地呻吟了一下，手離開哥哥。皺起眉頭，一副很痛苦的樣子。

小刀就刺在他那像爸爸一樣寬厚的背上。是我刺的。我的心臟快要崩潰。

「啊……啊啊……對不起。」

我的腳使不上力。站不起來。因為顫抖，沒辦法順利發出聲音。必須趕快叫救護車。阿四哥哥會死掉，會死掉。

有人抓住我的手腕。因為很冰冷，我立刻就知道是御先姊姊。她從後面緊緊抱住我。御先姊姊的身上沒有任何味道，十分不可思議。

「閉上眼睛。」

她在我耳邊低喃。

「喂，御先！快點幫我拔掉啦。」

阿四哥哥大聲吶喊，他的後方傳來撥開草叢的沙沙聲。

「失禮了。」

響起一道陌生男子的聲音。他的聲音感覺有點像御先姊姊。是剛才御先姊姊電話中的那個人嗎？

「你是故意弄痛我的吧！」

響起阿四哥哥宏亮的聲音。太好了，他沒有死。我微微睜開眼睛後，看見御先姊姊的指尖發出青色的光芒。她的手摀住我的耳朵。那一瞬間，我的意識墜落漆黑的洞裡。

遠方發出響亮的聲音。好像從水中看著水面一樣。我還在開關關上的狀態嗎？好耀眼。

為什麼替我擋刀？

我哪知道啊。你從剛才就很煩耶，老頭。

你沒必要做那種事。

你不用挨刀不是很好？

問題不在那裡。再說，那種程度我閃得開。

怎麼？你該不會不好意思跟我道謝吧？

哈哈大笑的聲音。感覺好開心。以前哥哥也愛大聲笑。

我也一直沒有發出聲音笑過。啊啊，如果我笑的話，他會不會也對我笑？

試著笑出聲來吧。

聲音突然停止。兩道人影正在窺視我。

「是不是作了什麼美夢啊？她在笑耶。」

「你真吵。」

我輕輕睜開眼，看見一張漂亮的臉和一張帥氣的臉。是御先姊姊和阿四哥哥。他們一臉擔心地注視著我。房間白白的。我的手上插著點滴管。感覺體內深處的輕微熱度已經消退。

「鈴子？」

阿四哥哥輕聲呼喚我的名字。

「對不起喔。」

像小孩一樣不安的臉。好像哥哥。

「阿四哥哥……你的背還好嗎？我才要跟你道歉。很痛嗎？」

「不痛。已經治好了。」

「這麼快？」

頭腦慢慢清醒了一些，我想起在森林裡看見的青色光芒。

「妳說的沒錯，我們是吸血鬼。」

「啥？」阿四哥哥大聲說道。「你突然說什麼啊？」

「我們不吸血，也不害怕太陽跟十字架，但我們不會死。構造跟普通人不一樣。」

阿四哥哥來回望著我和御先姊姊。

「可怕嗎？」御先姊姊一臉寂寞地笑道。我慢慢搖了搖頭。

「不怕。我早就知道了。因為第一次看見妳的時候，妳的身上發出青色的光。」

就像媽媽說過的鬼火。

「這孩子也是族人嗎？」

阿四哥哥嚇了一跳。

「不是。應該是因為她是小孩吧。這孩子直覺很敏銳，就像動物一樣。可能是大腦將第六感得到的情報化為視覺吧。不過，那也……」

御先姊姊的聲音瞬間中斷。

「等到她長大後就看不見了吧。而且，也會忘記我們。」

他們在說什麼呢？話是聽進去了，但聽不太懂是什麼意思。忽遠忽近。就像是坐著旋轉木馬和兩人說話一樣。

「哥哥呢？被警察抓走了嗎？」

「沒有。不過，他應該不會再傷害貓咪和鈴子妳了。」

「哥哥，會再次對我笑嗎？」

兩人沉默了一會兒。

「不好意思，我不知道。」

「哥哥會變成那樣，都是我害的。」

「不是的。這一點我敢肯定。你哥哥啊，是自己害自己變得奇怪的。我也有過姊姊。我很愛她。我覺得我們的立場一樣。所以我知道。太過親近的話，有時候會變得奇怪。不是妳的錯。」

雖然我不明白她說的話，但御先姊姊平靜的話語漸漸滲透我的心裡。她用冰冷的指尖幫我擦掉我流下的眼淚。

「妳喜歡妳哥哥嗎？」

「嗯。」我點頭，卻沒辦法順利發出聲音。

有一道聲音輕聲呼喚兩人，阿四哥哥不知不覺消失了。

「御先姊姊。」

「什麼事？」

「妳該不會不再來神社了吧？」

「妳看出來了啊。很遺憾，妳最好別跟我們相處得太久。」

「我還能再見到妳嗎？」

「嗯，因為我們約好了啊。等幾十年後，甚至更久，我會再去見妳。等妳和喜歡的男人結婚，生了小孩，變成可愛的老婆婆的時候。」

我覺得御先姊姊一定還是會保持現在這個樣子。大概會一樣這麼漂亮地來把我埋進土裡吧。

「御先姊姊，妳有沒有什麼願望想要我幫妳實現？」

「願望啊。有是有，但妳沒辦法幫我實現。」

「告訴我。」

「我想知道我是什麼。」

「是什麼？」

「沒錯，我一直希望能找到答案。不過，這必須靠我自己不斷尋找才行。這大概就是我的宿命吧。就像其他的生物有各自的命運一樣。」

我聽不太懂。不過，我隱約覺得有願望不是什麼軟弱的事。我再去那間神社，祈求哥哥能像以前那樣對我笑吧。不過，我現在好睏。

「多虧了鈴子妳，我得到了一點救贖。謝謝妳。」

平靜的聲音。

御先姊姊。

我想再次叫喚她的名字，但是我的眼睛和嘴巴已經張不開了。

我聽見阿四哥哥呼喚御先姊姊的聲音。遠方傳來腳步聲。朝我接近。我心想，如果是哥哥就好了。

「晚安。」

細微的聲音落下。那道聲音，在眼皮裡化為冰冷的青色鬼火，像是在誘惑我一樣，慢慢搖晃。

神明

啊～好想死喔。

我最近一直在說這句話，也一直在考慮這麼做。

等我發現時，早已脫口而出，也不斷在心中呢喃。由於次數太過頻繁，連我自己都搞不清楚究竟有沒有說出口。

不過，似乎沒有人在意，所以無所謂。

只有我的死黨茉奈偶爾會微微皺眉抱怨道：「夠了，夏芽。」不過，我明白那也不過是裝出來的態度。其他人都把我說的話當作耳邊風。說是其他人，也只有班上的同學而已。不過，我也把大家說的話當作耳邊風就是了。

沒有人在意。那就是這裡的規則。要是什麼事情都在意，裹足不前的話，怎麼混得下去。

我的周圍總是別無二致。同樣穿深藍色西裝制服、同年齡、大家同為女高中生。當然會有些許的差異，那些許的差異正是度過和平的學校生活的重點。總之，我是屬於班上裙子最短的小圈圈，沒必要在意那種事。每天提著同樣的書包，去同樣的場所上學。

甜膩的味道，與膚淺的流行話題、愚蠢的笑聲。如同車燈一樣白濛濛的景色，流逝而過。

不過，只要再過一年多，畢業後就會全部消失。

這裡是虛幻的世界。我存在其中。

啊～好想死喔。

反正都會消失，我想現在去死。懷抱空虛的軀殼，發出愚蠢的笑聲。

我坐在書桌上，屁股沒有坐滿，環視了一圈同學的臉，大家留著差不多的髮型。在索然無味的閒聊空檔，我再次呢喃。

發黃的白色窗簾飄動，空氣中帶有些許夏天的味道。

我心想，夏天的味道是什麼？儘管察覺那是灼熱的柏油味，卻無人能夠分享，只能毫無意義地繼續笑著。

走出車站，我站在黃昏時分的全向十字路口。

被人潮推擠著穿越斑馬線，前往進駐的全是辣妹系服飾店的時尚大樓。我在那棟大樓頂樓的一家義大利風格的連鎖店打工。學校和朋友都不知道這件事。

華麗的聲光從目的地時尚大樓的巨大廣告螢幕傾瀉而下。四處的高樓也釋放出響亮的音樂和宣傳，毫不留情地攻擊來來往往的行人。混雜的電子音反響，大聲回蕩。噪音聚集的街道。

「吵死人了。」

我咂了咂舌，如此低喃。我輕微的不耐沒有傳達給任何人，逐漸被低頭行走的人群吞沒。

我望向左、右方。都是人。然後再次望向右方。

沒有一個人的長相烙印在我的腦海。這是為什麼呢？人潮聚集得過多，就超越認知能力的極限了嗎？來到這個全向十字路口時，頭腦總是昏昏沉沉的。就這麼被牽著鼻子走。

不行。我甩了甩頭，到處東張西望。

沒看見那傢伙的臉，以及他寒酸的駝背、髮量稀疏的頭。

他怎麼可能在這種地方。

果然是我眼花了。

我突然笑了出來。就在我打算加快腳步的時候。

「為什麼這麼多人？」

突然聽見一道澄澈的聲音。感覺就像是從充滿刺耳聲的人潮中，延伸出一條線，滑進我的耳朵。

「啥？我怎麼知道。是你說想來的吧。」

我聽見有點甜美、沙啞的低沉嗓音。循聲望去，便看見一個身高比周圍高出一顆頭，不對，兩顆頭的高大男性。他將一頭長捲髮隨意紮成一束。褐色的皮膚從他的後頸若隱若現。

「據說生物會群聚，原因根據目的分為幾種。像是為了繁殖期、為了過冬、為了保護自己。也有些群聚狀態是追求特定環境條件下產生的結果。那麼，這又是為了什麼而群聚呢？」

「你又開始說些難懂的事情了。這根本不是什麼群聚，只是單純通過這裡的人很多而已吧。」

兩人的聲音越來越遠。我停下腳步後，有人從後面用力撞了過來。掛在肩上的書包提把滑落。我抱著書包，豎起耳朵。

「那麼，是突然性的群聚囉？真是惡劣呢。」

那是我聽到的最後一句話。後來兩人的聲音便混進人潮中消失。我想要回頭，又被撞上，被推往人行道。

號誌變成紅燈，車輛代替行人穿梭大馬路。已經看不見男人的蹤影。

斑馬線前逐漸形成新的人潮。我推開人群，邁步行走。打工的時間快要到了。

男朋友是我現在渴望的東西之一。一個把我的存在變得特別的男朋友。

我們高中是女校，所以有男朋友的話，會令大家另眼相看。上個月分手的市川，是我剛上高中時參加聯誼認識的。老實說，與其說我是因為喜歡他才跟他交往，不如說是想要破處才跟他交往。他大我一歲，一開始覺得他知識豐富，看起來很帥氣，但高中男生果然還是很幼稚，我馬上就膩了。

我可不想被幼稚的小鬼用「喂」來稱呼，我想要更成熟的男朋友。茉奈從春天起，就開始跟大學生交往，但既然要交，還是社會人士比較好。不過我討厭醜陋的精英。那種人看見女高中生就會露出好色的表情靠過來。

當我打完工，走在夜晚的鬧區時，被一群穿西裝的大叔搭訕，害我起了雞皮疙瘩。那傢伙也會像這樣糾纏年輕女生嗎？

只沉浸在自己的研究，輕易拋棄我和母親的那個男人。不過，我覺得那也是藉口。要不然，我就不會在這種地方看見他。

我漫步在燈箱招牌凌亂不堪的街道上。

不冷不熱的都市夜晚，散發出廚餘的味道。

反正媽媽今天也加班。每天幾乎都搭末班電車回家。

我在打工的地方吃了員工餐，肚子還不餓。可是卻覺得不過癮，嘴饞。為什麼我總是感到不滿足。體內空蕩蕩的。走在熱鬧的夜晚時，這種感覺特別強烈。

我用樂福鞋的尖端踢飛倒在路上的空罐。

我以為踢的力道很輕，沒想到空罐描繪出漂亮的曲線，擊中走出巷子的男性膝蓋。空罐發出刺耳的聲音，滾落在地。

我抬起頭，不禁「啊」地叫了出來。

捲捲的頭髮。潤澤的褐色皮膚溶化在夜晚的空氣中。是傍晚在十字路口擦身而過的男人。

男人瞥了我一眼。鼻子好似猛禽類的嘴巴。五官輪廓深邃。可能是模特兒或舞者吧，即使穿著寬鬆的服裝，腰的位置依然很高，可以看出他身材很好。重點是他的眼神非常銳利。

「對、對不起。」

我被他的氣勢壓倒，發出高八度的聲音。

男人用視線追隨著滾落的空罐，抬起頭後，露出白皙的牙齒笑道：

「妳心情很煩躁嗎？這一帶怪人很多，最好小心一點。」

甜美的嗓音、親切的說話方式。他避開從旁邊燒肉連鎖店走出的上班族，說了一句再見後，朝車站的方向走去。他的姿態像一隻貓，與他高大的身軀格格不入。

「等一下！」

我大聲呼喚，他卻朝我揮了揮手。

我奔向他，追了上去。

「我問你喔，你在這裡做什麼？」

「幫忙表演。」

「是喔，你果然是模特兒嗎？我也剛打完工，要不要一起去哪裡玩？」

男人沒有放慢步調，「是在推銷什麼嗎？大叔我對女高中生沒興趣啦～」從鼻子裡發出冷笑。

「大叔？騙人的吧。」

男人怎麼看頂多是大學生。不過，散發出來的氛圍不是學生。明明存在感很強烈，卻像野貓一樣與雜亂無章的夜晚街道互相融合。反射霓虹燈的眼睛，仔細一瞧，是暗金色的。可能是混血兒吧。要是有這樣的男朋友，不對，就算只是朋友，也會受到眾人的欽羨才對。

「沒騙妳。我大概快要四十了。」

「為什麼是大概啊？話說回來，你怎麼可能四十歲～」

我高聲笑道。由於男人降低了走路速度，「等人家一下嘛。」我將手伸向他的手臂，結果他斜眼回答：「妳知道女人哪裡惹人厭嗎？」我嚇了一跳，停下腳步。

「就是明明不如我性感，卻因為身為女人，就自以為被男人需要，這樣傲慢的想法。尤其是年輕女人，傻傻地相信年輕就有價值。在我看來，十幾歲的少女根本只是黃毛丫頭。」

男人歪著脖子笑著。明明在笑，卻很可怕。我伸出的手僵在半空中。可是，心跳加速，臉頰發熱。明明被人侮辱了一番，腦袋卻恍恍惚惚。

五官端整，散發出來的氣息卻莫名粗糙。這是什麼感覺？這種表情該怎麼形容？不是性感，也不是妖媚。是更深入的感覺。啊啊，對了，是煽情。日常不會使用的語彙。夜晚的光芒在男人背後閃爍。

男人？這個人，真的是男人嗎？沒有我認識的男人所散發出來的氣息。

男人瞇起眼睛望向僵在原地的我後，突然恢復普通的笑容。看起來就像解除了魔法一樣。

「再見啦。我得去接人。」

搞什麼，原來有女朋友啊。我望著他的背影心想。感覺自己這樣的想法十分陳腐又愚蠢。但我也沒辦法。因為我是只是個平凡無比的女高中生。

「真沒意思。啊～好想死喔。」

當我如此嘟噥的瞬間，男人的背影停止不動。筆直地望著前方。

號誌變成綠色，人群開始朝這邊移動。其中有一道纖細的人影，朝男人慢慢走來。吸引了周圍的人所有的目光。攬客的小哥們目瞪口呆，甚至忘記出聲招攬。

淡茶色的短髮輕輕搖曳。雪白的肌膚。應該不到二十歲吧。殘留稚氣的臉龐，以及一雙老成的雙眼。穿著毫無裝飾的白色襯衫和褲子，只有美女才有資格這麼穿。但老實說，根本連嫉妒都做不到。等級差太多了。我偶爾會遇見偶像或是女藝人，但她也跟那些做作的女人截然不同。

就像神一樣。透明、美麗地令人如此心想。

那個人慵懶地散放出無懈可擊的美，走了過來後，在男人數步前的距離停下。

男人突然怒吼。

「喂，御先！不是叫你在車站等我嗎！」

與剛才從容不迫的樣子，一百八十度大轉變的大嗓門。嗚哇，也太保護她了吧。不過，這種美少女也無可厚非啦。話說回來，他剛才還說對十幾歲的少女沒興趣，結果超愛吃醋的嘛。男人真的很幼稚。

被喚作御先的女生，盤起手臂，發出沙啞的聲音說：「太慢了。」我覺得有點耳熟。

「要是你走失了怎麼辦！」

「走失。」她眉心聚起皺紋。

「你在哪裡，我憑氣味就知道。吵死了。別大吼。」

「少命令我，老頭！」

往來的行人停下腳步觀看開始爭吵的兩人。也有人說是在拍什麼節目嗎？一群穿黑色衣服的小哥一湧而上，被捲髮男瞪了一眼，縮起身子。

「大叔，這個賣給我。」

男人將千圓紙鈔遞給一個路過的，像流浪漢的老爺爺後，不等對方回應就搶走老爺爺的棒球帽，粗魯地戴在女孩子的頭上。我心想，她應該會嫌棄那種髒到連商標都看不出來的帽子吧。沒想到那個女生毫不在意。

「你的臉太招搖了啦。別給我找麻煩。走吧。」

男人碎碎唸地發著牢騷，催促女生往車站的方向前進。走掉了。

不知為何，我心想一定要挽留他。當我踏出一步的時候，女生突然望向我。

我們四目相交。她美麗得快將我吸引過去。漂亮的雙眼與臉蛋越靠越近。

等我回過神後，女生已經站在我面前。明明沒化妝，睫毛卻十分濃密，看不見任何一個毛細孔。為什麼？為什麼要看我？好丟臉。我不想跟這種天使般的女生站在一起。

我想要退後。女生抓住我的手。她的手冰冷得令人吃驚。

「妳現在十六歲嗎？」

「咦？是的……」

不知不覺對她畢恭畢敬。

「似乎沒有什麼毛病。會不會月經不順？」

「咦？」

「最好去醫院檢查一次子宮和卵巢。」

「喂，老頭，你在說什麼啊！」

捲髮男想要介入我們之間。我甩開她的手，拉開幾步距離。女生還是一直盯著我。

這個女生真奇怪。而且，這個聲音令我內心一陣躁動。就像從漆黑的洞底傳來一樣。從洞底筆直地進入我的腦海。背部一陣雞皮疙瘩，我朝斑馬線奔去。

車站吐出的人群橫越十字路口，如海浪般湧來。當我想要撥開人群前進時，看見一名駝背男子。厚眼鏡下的小眼睛，以及乾燥的皮膚。是那傢伙。

那傢伙淹沒在人群中，走了過來，瞥了我一眼。不過，立刻又凝視著我的後方。他那雙小眼睛瞪得老大，眨也不眨地盯著看。暗沉的薄唇微微動了一下。

「抱歉啊。這傢伙對妳說了奇怪的話。」

捲髮男從後方說道。

「不奇怪，很重要。」

女生迅速站到我身旁。

很奇怪啊，奇怪的說話方式。我頭腦冷靜地如此思忖。那傢伙的眼睛動了。看著那個女生。對我不屑一顧，看漂亮的女孩子看得入迷。過分，太過分了。為什麼那種人渣會是我的——

「喂，妳沒事吧？」

捲髮男探頭望著我，我這才發現自己抓住兩人的衣服。

「嗚哇，抱歉！」

我連忙鬆手，將視線移回全向十字路口後，已不見那傢伙的身影。

「送她回去。」

女生如此說道後，遞給捲髮男一疊厚得難以置信的萬圓紙鈔，靜靜地離去。

「又來了，太多了啦。你也差不多該記住市場價格了吧。是要我用豪華轎車送她回去嗎？喂，等一下啦。你要去哪裡啦。」

「永田町。」

女生背對著捲髮男說道。

「啥？」

「有工作。」

「你不是才剛工作完嗎？」

「是我的舊交，無可奈何。況且，賣他一個人情也不壞。」

號誌變成紅色，較晚過馬路的人，慢吞吞地跑到對面。我聽著兩人莫名其妙的對話，怔怔地望著十字路口。捲髮男對我說：

「怎麼了？妳感覺怪怪的耶。剛才看向這邊的大叔，是你認識的人嗎？還是跟蹤狂之類的？」

「不是。」在斑馬線前叉開雙腿站著的女生回過頭。語氣跟動作都像個男人。

「是她的父親。」

我一股氣衝上腦門。

不禁大叫：「妳怎麼會知道！」

為什麼？她怎麼會知道？我的嘴唇顫抖，無法順利吐出話語。

女生默默地看著我。露出洞悉一切的眼神。

我突然明白了。不是這個女生透明，而是這個世界在她眼裡是透明的。她也想像我一樣，從這個世界上消失嗎？怎麼可能。她長得這麼漂亮。不過，總覺得哪裡不對勁。這兩個人看起來不像是普通人。

「你們，是什麼人？」

我的低喃聲被人們的尖叫聲掩蓋。

汽車的喇叭聲。濕潤的東西被壓碎的駭人聲音。尖叫。緊急剎車。與記憶深處的某樣東西重疊。耳邊傳來快逃啊、快逃啊的聲音，我卻完全動彈不得。

一輛漆黑的汽車衝到眼前，撞向那個漂亮的女生。看見像一顆球一樣彈飛的白色身軀的瞬間，一股強烈的力量把我撞飛，我跌倒在路上。人們踩踏我的腰部、裙子，紛紛逃跑。我也爬行在地面，逃到路旁。

等我緊抓著色情業的招牌，總算敢回頭看時，聽見玻璃破裂的聲音。

捲髮男跑到撞飛女生的車上。像是抽菸一樣地蹲在引擎蓋上，單手陷入擋風玻璃。他抽出手臂，再次擊向擋風玻璃。然後抓住滿是裂痕的玻璃，宛如撕破拉門紙一般地剝下。

這是什麼情況？電影？魔鬼終結者？

響起乾燥的破裂聲，捲髮男的肩膀濺出紅色的液體。是血。

倒在我附近的人下方，也形成一灘血泊。飄散著鐵鏽般討厭的氣味。這是現實。在我這麼想的瞬間，牙齒開始打顫。

女生倒在不遠處。一動也不動。

捲髮男從車裡拽出類似槍的物品後，用雙手扭轉。金屬塊像濕毛巾一樣扭曲。然後，依序拖出兩個男人，像扔玩具一樣將他們扔了出去。摔落在道路上的兩人倉皇地想要逃跑。捲髮男表情凶惡地跳下引擎蓋。慢慢走近兩人。

這時，響起破風聲。四下無人的路上又冒出一輛漆黑的汽車高速衝了過來。

我想要大喊快逃，卻發不出聲音。捲髮男抬起頭。啊啊，可是，來不及。要被撞了。我全身顫抖，甚至沒辦法遮住我的眼睛。

黑色汽車如利刃般奔馳而來，掠過捲髮男的身邊，像撞飛垃圾一樣地撞飛兩個想要逃跑的男人。那輛車無聲無息，比剛才的汽車還要閃閃發光。

一名身穿黑色西裝的男子從副駕駛座下車。臉色蒼白。筆直地衝向倒在咖啡連鎖店前的女生。

女生的白襯衫破裂，被血染得一片通紅。漂亮的臉蛋也全部是血。看起來毀了一半的臉。已經沒救了。

捲髮男走近兩人問道：「還活著嗎？」他的手臂也被血染紅。西裝男瞪視捲髮男，厲聲說道：「這是怎麼回事？」

「您怎麼會讓他受傷？」

「呃……這個嘛……」

捲髮男移開視線。

「總之先上車吧。」

西裝男抱起女生，打算站起來。

「等一下。」

響起了那道聲音。筆直地傳進我耳裡的清澈聲音。

女生細長的指尖動了一下，手臂伸向地面。用沾滿鮮血的手捏起微髒的棒球帽後，扔向捲髮男說道：「在我清洗完血之前，先幫我拿著。」

捲髮男用沒有受傷的手接住。一臉淡然。

西裝男露出奇妙的表情望著這副情景，但隨後說道：「要走囉。」接著抱著女生站起來。遠方響起警笛聲。先前逃跑的人們也有返回的跡象。

捲髮男動作快速地坐進汽車的後座。與他相比，西裝男的動作看起來慢得不自然。不，不對。是捲髮男的動作太不尋常了。

西裝男彎下身子，正要將女生放進車裡。

女生再次說道：「等一下。」指向還無法動彈的我。

「把那孩子也帶走。」

她望向我，慢慢動了動一邊臉頰。似乎是在笑。

「我就告訴妳我們是何許人也吧。是不死怪物。」

她淡然地如此說道。臉蛋的一半無庸置疑是血肉模糊，被血濡濕的頭髮緊黏在下巴。

「真的很不好意思。」西裝男說道，將我放進後車箱。

「這裡應該是最安全的地方，請您諒解。」

感覺他有禮貌的，只有說話的語氣。西裝男命令司機將我載走。因為是珍愛女生的吩咐，只好遵從，其實根本不想和自己扯上關係。他的這種態度表露無遺。

難堪的是，我整個腿軟，根本無法拒絕。況且，我好像還尿褲子了，濕濕的內褲變冷後，就凍得受不了。真是丟臉得想死。

車子似乎是十分高級的汽車，靜得出奇，但每次轉彎或是停車時，我都會滾得東倒西歪。我在後車箱裡不停地顫抖，腦袋和身體四處碰撞。再說了，我完全搞不懂自己為什麼會在這種地方，心亂如麻。

我平凡的日常生活跑到哪裡去了？起因是什麼？大概是，那道聲音吧。在我聽見那道聲音時，就是事情的開端。

突然一片白光擴展開來。我以為後車箱終於打開了，這時立刻有一隻纖細的白皙手臂從刺眼的光裡伸出來，觸碰我的耳朵。

那一瞬間，我就像是墜入深洞裡，失去了意識。

黑暗中，我作了夢。茉奈她們，還有班上同學正在笑。我想要加入她們，但大家都背對著我。避開我的視線，嘻嘻嗤笑。我感到不安，拉扯茉奈的手臂後，所有人便同時瓦解，變得支離破碎。同樣的制服，和人體模型無法區別的手腳和軀幹散落一地。人體模型白皙光滑的頭部從地面仰望著我。

我退後一步，一隻腳便陷入沙裡。年幼的我在沙坑玩耍。是那傢伙做的沙坑。已逝祖母的家。那傢伙在簷廊上，堆砌書本，專心地寫文章。偶爾搔了搔他當時還豐厚蓬亂的頭髮。

一隻黑貓無聲地從簷廊下方出現。晃動牠長長的尾巴，像是在引誘我。小小的我跑去追貓，貓咪逃跑了一下，回頭看我。我追上去，牠再逃。我奔馳在油菜花田中，追著眼前的尾巴伸出雙手，從草叢跳出來的瞬間，視野一片通紅。

那傢伙在哭喊。懇求某人。

——沒事的。

平靜的聲音。探頭窺視我的白皙臉龐。

——我會讓一切恢復原狀，放心吧。

我想起來了。

夢境慢慢遠離。在意識逐漸清晰的同時，房內響起的說話聲，從單純的聲音逐漸轉變成單字。指尖觸碰的床單冰冰涼涼的。散發出香味。

「聽好了，容我再三重複。治療後，請盡早將御先大人送到安全的場所。」

「放過我吧。聽得我耳朵都要長繭了。」

「我應該說過，容我再三重複這句話了吧。看來您似乎不明白這句話的意思。聽好了，操縱蟲後，自己本身治癒的時間會比平常耗時得多。」

「因為蟲群已經吃飽了嘛。」

「是的，即使如此，還是會以保護宿主為優先。雖然御先大人是不死之身，不過，當他身負重傷時，可能會在修復身體的期間遭到綁架。發生事情時，您最先必須做的，就是盡早將御先大人帶離現場。絕對不是像剛才那樣報復對方。那種事情我之後自會安排。您待在他身邊有什麼作用？」

「我跟你不一樣，又不是這傢伙的隨從。」

「那就請您消失。真礙眼。」

「啥？老子也不爽待在這裡好嗎！是這傢伙……」

「阿四。」

是那女生發出的聲音。

「你跟我不同，應該還有痛覺。做那種事會痛吧。」

「那個，我一股火冒起來，就失去理智了。」

傳來嘆息聲。「聽好了……」某人又開始說話。「我們的母親大人似乎也是同樣的脾氣喔。」女生的聲音打斷了他的話。

「我夢見過她往別人的臉刺了好幾刀，徒手挖掉人的眼睛。」

這些人在說什麼可怕的話啊？我裝睡，結果女孩的聲音停頓了一下，隨後又說：

「看來她醒來了。」

是在說我吧。我睜開眼後，看見在國外電影見過的那種附有流蘇的天篷。對面有水晶吊飾。淡黃色的壁紙是花草圖案，家具統一是白色的。是個有如粉彩馬卡龍般華麗又可愛的房間。我躺的床，跟我家浴室差不多大，不知何時被人換上的長襯衫睡衣，觸感非常舒服。

「這裡是都內的飯店。您的制服拿去清洗了。有缺少什麼，請吩咐我。」

黑西裝男子走了過來，把手機遞給我。像這樣在明亮的房間一看，男子比想像中的還要年輕。一絲不苟的眉毛感覺有些像女生。

我望向傷痕累累的手機，發現已經半夜一點了。不過，媽媽卻沒有打電話來。只傳來訊息，表示今天要加班到早上。我知道媽媽有時候會謊稱加班，和情人過夜。

「我叫御先，這傢伙是阿四。」

女生從條紋圖案的單人沙發站起，穿著浴袍走向我。「御先……」我輕聲說道後，西裝男露出明顯不悅的表情。大概是不滿我直接叫她的名字吧。

「我認得妳的聲音。」

御先沉默不語。從白色浴袍露出的，與浴袍一樣白皙的胸部是平坦的。她可能不是女生。

不對，重點在於她理應血肉模糊的臉竟然恢復了原狀。宛如人體模型般毫髮無傷的肌膚。她渾身是血說過的話於腦海復甦——怪物。

「剛才的大騷動讓我想起妳了。不過……」

聽說我小時候曾經發生過車禍。媽媽說我奇蹟似地毫髮無傷，但我發生車禍時，她和祖母去買東西，不在我身邊。知道那起車禍的只有我爸，他卻只提起把我送去熟人的醫院，一年後便拋棄我和媽媽，離開了家。爸爸說他想專心研究。匯完贍養費後就完全失去聯絡。

我幾乎不記得車禍發生的事。不過，腦海裡還殘留一些片段。在連結起來的片段碎片中，我看過這個人的臉。

「妳為什麼沒有老呢？」

那應該已經是十多年前的事了。當時，我看見一名穿著白色和服的少女。我叫了一聲大姊姊，少女握著我的手說：「沒事的。」即使在朦朧的視野中，她依然閃耀美麗。而她現在，維持當時的模樣在我面前。

「我應該說過了。」

御先平靜地說道。

「我們是不老怪物。」

床鋪有下沉的感覺，一看，是捲髮的阿四歪著頭坐在我腳邊。跟御先不同，他已經換好了衣服。光滑的褐色皮膚從挽起的袖子露出。照理說，他的手臂應該被玻璃扎得傷痕累累，然而他的雙手卻毫髮無傷。

「任何傷都能像這樣不留痕跡。也不會生病。而且，還能治癒別人的病和傷。治療年幼時期的妳的人，是我。」

她說的話我明白，但卻無法跟現實連結。要我相信她才是強人所難。不過，我記得這個人的聲音和長相。

御先站起來，拿起放在桌上的細長物品，走了回來。她一口氣拔出刀鞘後，小刀便釋放出暗沉的光芒。「御先大人。」西裝男發出聲音的同時，御先劃開自己的手腕。血濺到浴袍上。

我不由自主地別開眼，戰戰兢兢地移回視線後，御先的血已經止住。將血抹在浴袍的腰部一帶。向我展示的手腕上甚至沒有留下割痕。

「就是這樣。」

「喂，住手啦。看著心裡也不舒服。」

阿四發出厭煩的聲音。御先不予理會，再次開口：

「妳說夢話，說想死。」

「我嗎？」

「對，沒錯。我對救過的性命並不執著，況且妳的性命是屬於妳自己的。所以，我並不是在責怪妳。不過，真是不可思議。明知道再久也不過六、七十年後就會面臨死亡，妳還是想死嗎？」

被她這麼一問，我還真不知道該怎麼回答。

「妳……活了多久？」

御先笑而不答。她那透明的雙眼，凝視的不是我，而是某個方向。

「妳也想死嗎？」

她突然別開臉。我低頭注視手機。班上同學的ＬＩＮＥ群組接二連三地冒出訊息。每一條訊息都是與我無關的不重要話題。就算我告訴他們現在這種狀況，也不會有人當真吧。

御先簡短地說了一句：「茶。」黑西裝男子便一臉開心地回答：「是。」

「不是給我，是給她。」

我嚇了一跳。

「不是她，是夏芽。」

我如此說道，然後抬起頭。

「我的名字。御先，妳認識我爸媽？」

隔天，御先他們送我到學校。

御先隨後離開去別的地方，但阿四一直陪在我身旁，直到我入睡。他的玩笑話還是一樣狠毒，但我覺得他本性是個溫柔的人。雖然不知道能不能稱為是人。

我並不害怕。明明他以那種方式破壞汽車，想必也能輕易地殺死人吧。

可是，兩人看起來卻有些悲哀。無論是不正經的阿四，還是冷漠的御先，似乎有些地方與我相似。大概是無處可歸這一點吧。

那一天，班上同學大聲嚷嚷著我上學搭的車非常高級。我無言以對，只好撒謊騙她們說是因為上學途中被那輛車撞到，對方才送我到學校。

放學後，阿四在校門口等我。我一邊感受著背後人群的刺人視線，呼喚他的名字，奔向他後，阿四露出一口白牙笑道：「身體還好嗎？」

「肌肉痠痛得要命。」

「不錯嘛，果然很年輕啊。」

「你們也不會感到肌肉痠痛嗎？」

「不會耶。」

「真好。還有啊，為什麼御先不幫我治療膝蓋的擦傷呢？很難看耶。」

我抬起腳，展示那大得離譜的ＯＫ繃。

「幫妳多治一個傷，也不會得到什麼好處啊。」

「才不是這樣。你不能治療嗎？」

「我還不到家。而且，御先說過不能對年輕孩子使用力量。好像是因為會對生殖器官不好？總之就是那種地方有影響。他在妳小時候，好像幫妳治療過非常嚴重的傷勢，妳好好去檢查身體看看。不過，妳看起來很健康，膝蓋那點擦傷無所謂吧。妳的身體會治療妳的傷。那樣才是自然的現象吧。」

「這樣啊。」我說完後，阿四笑了笑。

「御先那傢伙，不按部就班說明，哪會知道啊。像昨天那樣一見面就要人檢查子宮，鬼才理他咧。」

「就算按部就班說明，也未必能理解吧。」

我笑道後，「說的也是。」阿四也笑著回應我。才經過一天，我們就變得這麼親近，讓我感到很開心。

「越來越悶熱了呢。」阿四仰望太陽西下的天空。儘管他這麼說，還是沒有想要把脖子上的圍巾拿掉的意思。「御先要我傳話給妳。」他低喃這句話。

「嗯？」

「想知道妳父親的事，下星期三來櫻田門。早上六點半。」

「好早！」

「因為他是個老頭嘛。」

阿四哈哈大笑。

「那傢伙真的很難侍候，個性又差，累死我了。」

「那你為什麼要跟她在一起？」

阿四沉默片刻，像是在思考。

「因為他很真實吧。」

聽他這麼一說，我開始在意後方。學校盡是些謊言，就連我的死黨茉奈也不例外。

我知道她交了大學生男友後，背地裡說我很幼稚。誰也不說真心話，表面上嬉笑和睦，實際上卻在找機會將對方踩在腳底。

像這樣跟阿四聊天一事，明天白天就會傳遍整個班上，我的地位應該會上升。這明明是我的目的，現在卻覺得莫名地空虛。結果，光靠我一己之力，無論身在何處，依然沒有存在感。終究只能藉由別人的力量來提升自己的價值。那樣真的很空虛。

剛上高中時，我曾經去過一次爸爸工作的製藥公司研究設施。我翻遍媽媽的書桌和衣櫃才終於找到那家公司的地址。

我蹺了課，在門口從早等到晚。一直等、一直等，就在我打算放棄的時候，一名駝背的中年男子從冰冷的灰色圍牆走了出來。雖然比記憶中消瘦許多，頭髮也變得稀薄，但那確實是爸爸。爸爸瞥了我一眼後，別開臉，快步離去。就像我不存在一樣。

我判斷不出他是忘記自己女兒的長相，還是認不出我來。然而「那個！」即使我朝他的背影呼喚，他也沒有回頭。感覺對人類沒有興趣。

據媽媽所說，爸爸從學生時期開始就只對細菌、病毒感興趣，他那厚眼鏡底下的雙眼，看的全是顯微鏡。當她被拋棄時，的確大受打擊，但就算爸爸為了研究而拋家棄女也不足為奇。他非常優秀，但就是那種人。媽媽說他冷血無情。

不過，在我的記憶中，爸爸非常溫柔。還帶我去他的研究室。但那搞不好只是我擅自捏造出來的記憶。因為不想承認自己是連親人都不感興趣的存在。

我想知道真相。自從在前往打工處的全向十字路口看見爸爸後，我便冒出了這個想法。理應是工作狂的爸爸，為什麼會在平日跑到鬧區附近人山人海的地方閒晃？

「我是不怎麼贊成妳去啦。」

等我回過神後，發現阿四在看我。暗金色的眼眸。我心想真像老虎。

「有些事不知道也好。不過，選擇權在妳。」

我瞪視他訂正道：「是夏芽。」

「好啦、好啦，夏芽。不過，做出選擇後，就沒有回頭路囉。」

理應被別無選擇的命運愚弄的阿四，一本正經地說道：「三思而後行吧。」接著便晃動著長手長腳離開。

天空很低，籠罩著陰鬱的雲。等看不到阿四的身影後，班上同學便呼喊著我的名字，立刻衝了過來。

我自言自語道：「可能會下雨吧。」

這天早上天氣晴朗。空氣還殘留著夜晚冰涼的濕氣，但陽光已經如夏天猛烈。

御先站在通過護城河後的古門前。穿著和之前一樣的服裝，戴著微髒的棒球帽。她身旁的阿四一副鬧彆扭的樣子，將臉別向一旁。是不是又吵架了呢？

「早安，夏芽。」

御先慢步走來。

「早啊，阿四、御先。上次穿西裝的那個人呢？」

「那傢伙應該在某處看著我們吧。」

阿四沒好氣地說道。心情似乎很差。

穿著運動服的人不斷超越我們。植物繁茂的皇居傳來青草味。

「這麼早就開始跑步了呢。」

「據說一天有一萬名以上的人在皇居外圍慢跑。」

「咦，這麼多嗎！」

「而且還是朝同一個方向跑。就像上次去過的水族館那樣。魚群在水槽中繞圈。」

也許是心理作用吧，感覺御先說這句話時，聲音帶著雀躍。我有去過水族館嗎？感覺有去過，但可能只是在電視上看到，誤以為自己去過。兒時的記憶已經模糊。

我突然想起第一次看見阿四時，兩人聊的群聚話題。

「我說，為什麼生物要群聚在一起呢？」

「雖然也有像蝗害那種離奇大量發生的特例，但據說基本上是因為有利於生殖。所有生物的目標都是為了繁衍後代。為了如何大量留下自己的基因，而不斷嘗試，盡可能把希望寄託在機率較高的可能性上。人類也是一樣。為了繁衍後代而創造出社會和語言。還有感情和愛。」

「愛……？」

幾名身穿黃色運動服的人接二連三地跑過。速度挺快的。路上也有人是要去上班的，這樣不會很危險嗎？

「不過，也有人沒有愛意，拋棄小孩啊。」

我如此呢喃後，御先輕聲說道：「夏芽妳的父親並非如此。」

「他是為了保護繼承自己基因的人而奉獻自己。」

御先偏離道路，走進草坪，站到草叢後方，隱藏住身體。對面是護城河。充滿混濁的河水。過長的樹枝遮蓋住道路。

阿四在不遠處，心情七上八下地走來走去。我跟著御先脫離道路後，她才終於娓娓道來。

「委託我幫妳治療的，是妳的父親。能連繫我的管道有限。我不知道妳父親是從何得知的，但據雅親所說，跟我們聯絡的組織評價似乎不好。照理說，必須單獨前來我這裡。因為妳還小，所以破例讓妳父親作陪。他是那時看見我的臉吧。妳送來的時候，是瀕死狀態。假使能夠活命，腦部和身體也顯然會留下毛病。所以，他才求助奇蹟。」

我望向道路。紅色與黃色的跑者跑過眼前。某個大學團體發出吆喝聲跑在他們後頭。

「只是，奇蹟往往伴隨著代價。他答應替那個組織研究，以換取妳的性命。他從大學的研究室轉移到與組織相關的製藥公司，在那裡發現某種突變的病毒。」

「病毒？」

「所謂的病，必須取名，被大眾認知才會存在。流行性感冒也是，在出現眾多感染者，取了病名之前，大眾都只認為那是會引發高燒的感冒。妳父親發現的，是會引發類似心肌梗塞症狀的病毒。他在組織的命令下，一直在使用那個病毒。」

「使用？」

「三天前，一名經營多家風月場所的暴力集團相關男子死於心功能不全。據說他是在上週經過那個全向十字路口後，才感到心臟不舒服的。畢竟發生過我們那件騷動，他好像以為是那件事引發的壓力。」

我的腦海裡掠過在人群中前進的駝背身影。人那麼多，就算被踩了一腳，也沒有印象。被人撞到是稀鬆平常的事。難不成……

響起短促的哀號聲。前方數公尺，似乎有個跑者在樹枝遮掩、視野不佳的路上，撞到一名粉領族姊姊。身穿黃色運動服的男子頻頻道歉。

「一名大型出版社的社長，習慣一有煩惱，就晚上外出散步。他上個月也死於心功能不全。他大學時期是橄欖球運動競技選手，也沒有什麼心臟的宿疾。他也常常通過那個全向十字路口。」

「御先，別再說了。你難道沒有感情嗎？」

阿四似乎忍受不住，想要插進我跟御先的中間。御先一臉厭煩地用一隻手推開他。

「你認為不須繁殖的我們，會存在情或愛嗎？」

「話不是這樣說吧。」

「是她自己選擇的。夏芽，國會議員津村征史郎等一下會經過這裡。每天早上繞皇居散步一圈，是他的習慣。」

御先的視線先方，出現一個肥胖的人影。一名身穿ＰＯＬＯ衫和五分褲，年齡五字頭的男子迎面走來。明明穿著休閒服，卻似乎完全沒有跑步的意願，望著皇居的方向，背著手悠閒地走來。

一名跑者掠過擋住道路般行走的男人身邊，超過了他。藍天與黃衣呈現鮮明的對比。奇怪？從剛才開始，穿黃色衣服的跑者好像特別多。

我四處張望，又一名穿著黃色運動衣的跑者映入眼簾。

我屏住了呼吸。

瘦到浮出筋的肩膀和手臂，連跑步的時候都蜷縮起來的背部，以及厚厚的眼鏡。

是爸爸。

肥胖男人來到我們潛藏的草叢附近。再差幾步就是樹枝擴展到路上，遮掩視線的場所。

爸爸將一隻手伸進五分褲的口袋裡。加快腳步，接近這裡。兩人的距離越縮越短，就快要撞上了。爸爸的腳步故意踉踉蹌蹌的。

不行。住手。

就在我正要衝上道路的瞬間，旁邊的草叢沙沙作響。身體已經露出一半到路上的阿四，露出目瞪口呆的表情。

御先已經將爸爸纖瘦的手臂往後擰。她快如閃電的動作，沒有任何人的眼睛跟得上。肥胖男沒有發現御先經過他的身邊，以及她在自己的背後抓住爸爸的手，倒是被突然出現在眼前的阿四嚇得翻了過去。

一個類似銀色原子筆的物品從爸爸的手中掉落。是大小能握在手心裡的注射器。小到即使掉落地面也沒發出任何聲音。

「議員！」

一群男人從狹窄道路的前後方奔馳而來。他們全都身穿樸素的西裝，但肌肉發達，姿勢端正。應該是保鏢吧。不過，所有人都比阿四矮，一看見阿四都嚇了一跳，停下腳步。

「別管他，他是我的隨從。」

御先低聲說道。這時，人稱議員的肥胖男才終於發現自己背後的爸爸和御先。御先與他對視後，莞爾一笑。看見那張美麗的臉，男人的臉色突然改變。

「誰是你的隨從啊！」

阿四突兀地大聲吶喊。

議員發出低吟般的聲音，對那群保鏢風格的男人說：「當作沒看過他們吧。」他望向跪在地面的爸爸和地上的注射器，用微弱的聲音朝御先低喃：「這份恩情我一定銘記在心……」仔細一看，他在打哆嗦。

那群男人架住爸爸的雙臂，強迫他站起來。御先淡淡地說道：

「他的底細我之後會提供給您。麻煩您息事寧人。」

「是，那是當然。」

議員語氣謙遜地回答，只差沒搓著雙手了。那群男保鏢則是假裝沒看見。

突然，其中一名男子用尖銳的語氣詢問我：「妳認識他嗎？」包圍我們的男人們同時看向我。

眼鏡歪掉的爸爸凝視著我。稀薄的頭髮凌亂不堪。爸爸看起來在發抖。不，不對。在發抖的是我。

「妳明白妳爸拋棄妳的理由了吧。」

阿四在我耳邊低喃。聲音細小卻堅定。

「妳就體諒他吧。別白費他的心意。那傢伙最重視的，一直都是夏芽妳啊。」

我嚥了一口口水。開啟顫抖的雙唇說道：

「不，我不認識他。」

那一瞬間，爸爸凝視我的雙眼靜靜瞇起。他總是只有眼睛笑得很溫柔。那眼神與小時候的記憶一模一樣。

爸爸和那群男人離開後，我雙膝癱軟在地。趴在地面大聲哭泣。感覺人來人往的路人都在看我，但我不在乎，一直哭、一直哭，哭個不停。

射照在後頸的日光越來越溫暖，然而我的指尖卻始終冰冷。

兩人沉默不語，甚至沒有撫摸我的背安慰我。

但是，卻陪我在身旁。

「肚子餓了。」

我如此說道後，阿四便發出無法置信的聲音回答：「妳太誇張了吧。」

「我叫夏芽。」我訂正道。

「生命力真強呢。」御先倚靠著護城河的欄杆說道。

「御先，妳想吃什麼？」

「去上學啦妳。」

「今天就蹺課吧。我哭成這副德性要怎麼去啊。而且算是你們兩人害的，至少今天就負起責任陪我吧。」

我露出笑容後，阿四一臉尷尬地挪開視線。

「我感受不到食欲。」

御先突然冒出這句話。她離開欄杆，朝我走來。不管看幾次，都依然美麗的臉龐。像是天使，又像是惡魔，也難怪那個議員會害怕。實在不像是存在於這世上的生物。一旦有所牽扯，似乎會翻攪自己的命運。

「那還真是沒意思呢。」

「我從來不曾用有沒有意思來思考事情。」

嗚哇，愛講大道理。我如此說道，和阿四互相對視。

「不過，最近覺得再活久一點也不壞。不僅無法死去，也不明白生存的意義。」

樹梢的葉子隨風搖曳，影子映照在御先白皙的臉頰上。

我還是覺得神明的長相就像這樣。美麗閃耀，可是，又帶著悲哀。孤身一人凝視這個世界至今的透明雙眼。

不過，這個人為我指引了一條道路。雖然這條道路又痛苦又艱辛，但確實讓我自己選擇。

「吶，御先。」

御先凝視著我。用她那張面無表情美麗至極的臉。

「既然妳什麼都能治，就重新創造這個世界吧。」

御先筆直地盯著我說：

「那樣的話，就必須先破壞這個世界。」

她率直地吐出正經八百的回答。我垂下雙眼。

「這樣啊，那就沒辦法了。」

我用樂福鞋的鞋尖踢了踢小石頭。石頭滾呀滾的，消失在護城河中。

「我就在這個世界忍耐吧，神明。」

「妳說什麼？」

我對瞇起眼睛的御先搖了搖頭。

「御先，謝謝妳。我已經不再想死了。畢竟我都已經活到了現在。我無法原諒那傢伙，他也犯下不可置信的錯誤……但我大概不恨他。」

我如此說道後，淚水又快要流下來。我想要掩飾，便朝護城河大叫：「肚子餓了～」感覺御先似乎呵地笑了一聲。那聲音宛如嘆息。

「欸，我們去御先妳說過的水族館吧。我沒去過耶。」

兩人回過頭。阿四擺出一副厭煩的嘴臉。

「咦～這傢伙只要看起魚或是動物就沒完沒了，跟你傳授一大堆知識。喂，御先，你在打電話給誰！你打算怎麼去！別叫直升機喔！」

阿四想要搶走御先的手機，但御先的動作太快，他連指尖都沒碰到。

我仰望天空，發現積雨雲又蓬又大。還能聽見蟬鳴聲。我吸了一大口夏天的空氣，由衷地笑了。

杜鵑

——你只是被教育成這樣子。

聽見這句話的瞬間，火紅的花在黑暗中綻放。宛如綻開火花。

才不是！

我立刻大喊道。

我第一次對絕對不能忤逆的人物大吼。

我就那樣死去也好。

這句話快要脫口而出，但疼痛將我的理性一起帶回，這才免於說出愚蠢的話。就算說出口，也只會被嗤之以鼻。

——你不能白死。這一點你應該明白。

然後，他應該瞇起冰冷的雙眼說了，我不會死。嘴角浮現微微的嘲笑。雖然漆黑，那張美麗的臉龐卻能清晰地描繪在我的腦海裡。

儘管身上寄宿著奇蹟，那位大人卻總是表現出引以為恥的態度。談論自己的事情時，一定會用嘲諷的說話方式。

那位人物是光。不會衰老耗損的完美存在。誰也無法傷害他的身體。

所以，像我這種人挺身保護他，也毫無意義。這一點我十分清楚。

即便如此，我還是心甘情願地為他而死。從我們初次見面時，不對，在更久之前我就這麼想了。

不過，聽見「你只是被教育成這樣子」這句話，我也無法否定這個可能性。不只我，族裡的任何人，都甘願為他捨棄性命吧。因為村裡的人從懂事開始就不斷地被耳提面命。我們是獲得不死之力的神選一族。族長不是人，而是光。體內沒有寄宿力量的人，也能藉由為族長捨命，在輪迴轉世時成為光的一部分。那位人物是絕對的。

然而，每當他的話在我腦海復甦時，內心深處的另一個我便會大聲吶喊，才不是。我無法說明那份感情的理由。那份感情就像花朵綻放，不知不覺便萌生出來。我覺得很煩。

究竟是何時開始的呢？

何時開始看出他眼眸裡微微的憂傷。何時開始懷抱窒息般的痛楚。

明明成為他的左右手，為他工作，是我的使命。

在那之後，花又綻放了好幾次。花瓣在黑暗中無聲捲起，膨脹般地綻放。

無法阻擋。

火紅、鮮豔，無論如何都會映入眼簾的殘暴花朵，喚起我理應已抹去的疑問。

「還是好熱。我覺得地球遲早會變成火球。」

千次凝視著用水泥填滿的地面說道。白天的熱氣還未散去。千次和其他人異口同聲地說，都市的夏天是地獄。臭味、炎熱和濕度都無處可逃，密度越來越濃。

我一語不發地點點頭。響起腳步聲，在明亮的夜路上前進。晚上還舒服了一些。雖然覺得熱，但我大部分的事情都能忍耐。只是，怎麼也不習慣沒有黑暗的街道。

我回頭，想叫他快點過來。千次的視線還落在地面。

他的眼睛下方深深凹陷。瘦了。大概是睡不著吧。

千次注視著宛如重油凝固的地面，低喃道：「沒有土壤，什麼都無法吸收吧。」

「你還記得櫻花時期嗎？凋謝的櫻花總是被風吹到積成一堆。變得完全枯黃乾燥，十分悽慘。」

我仰望沿路的行道樹。「是這樣嗎？」含糊地附和。行道樹的對面是一群燈火輝煌的大樓。一想到每一個窗戶都塞滿了人，就覺得站不穩。

「賞花客太多了，我沒都印象自己有看過地面。」

「人多得令人吃驚。要跟隨御先大人可真辛苦呢。」

千次臉上浮現微笑。我不禁嘆息。

「那位大人比櫻花還搶眼。」

「是啊。」千次頷首。一想起那比任何光、任何花都耀眼奪目的身影，我的心中掠過一股不安。就快要結束治療了。自從那傢伙出現後，御先大人就開始自己接受委託，令我難以掌握狀況。最近也經常不使用治療室。用那張比誰都搶眼的容貌，若無其事地去見委託人。

「走吧。」我出聲說道。千次卻沒有動作，而是望向樹梢，語調含糊地說：

「宅邸種的杜鵑很漂亮吧。火紅得像是在燃燒。」

今年也看不到了。彷彿聽見他這麼說。

懷念的村子景色浮現腦海。建在遠望大海的高台上，一族的直系族人所居住的房舍。正殿位於宅邸的最深處，是御先大人的住所。寢殿構造的毫華宅邸，庭院裡杜鵑老樹叢生，是我們一族稱之為母親大人的始祖親手栽種的。那些樹木只綻放血紅的杜鵑。據說自從不死之蟲寄宿在御先大人的體內後，火紅的花便不會枯萎。正殿總是像被火包園一般，村裡的人都傳言是神的恩典顯靈。

不過，非直系的族人鮮少有機會目睹那些花。能目睹母親大人的杜鵑的，只有允許出入宅邸之人，知道花朵的顏色是一種榮譽。

「聽說自從御先大人離開村子後，花就枯萎了。如今一年只開一次。」

那才是正常的。杜鵑的古樹之所以會一整年綻放，是因為御先大人釋放出蟲的緣故。這件事只有能在他身邊侍候的我知道。而花朵一年只綻放一次，並非因為御先大人離開了村落，而是因為美夜子大人的身體消失了。那晚之後，御先大人便停止在火紅的花朵釋放蟲。

是我銷毀了美夜子大人的身體。身穿與杜鵑同樣顏色的和服，雙眼合起的白皙臉龐，與御先大人一模一樣。我把油潑在那張臉上，放了火。

御先大人面無表情地凝視著鮮紅的火焰。將蟲釋放到死人身上是禁忌。按照慣例，必須將族人的遺體歸還生出母親大人的大海。御先大人明知道這個規定，還是將蟲釋放到美夜子大人的遺體上近百年，阻止腐敗，讓深紅的花不斷綻放。

美夜子大人的身體不應該存在。直系的靈魂若是徘徊飄泊，光芒會晦暗。

我燒毀了御先大人的罪孽。然而，也產生了新的罪孽。這個祕密除了我們以外，無人知曉。

「雅親先生？」

千次的聲音令我回過神。都市的噪音蜂擁而來。為什麼記憶沒有聲音呢？

「抱歉。什麼事？」

將手機抵在耳朵的千次，一臉困惑地望著我。

「御先大人跟丟了。」

「他沒有回房間嗎？」

「根據報告，治療結束後，他前往了澀谷……」

「又跑去那種地方！」

我不由得大聲怒吼。千次將視線從我身上移開，掩著嘴開始對手機下達指示。「那傢伙呢？」我一問，他便慌慌張張地望向我。

「還沒找到。」

「先找到那傢伙。別讓他靠近那條街。」

御先大人在兩個星期前差點在澀谷的大十字路口被綁架。當時，那個笨蛋大鬧一場，把騷動鬧大。認識御先大人的人不多，一下子就能查出行為粗暴的人的底細。結果那個笨蛋太容易衝動，動不動就打算用自己的蠻力解決事情。必須在他幹出什麼蠢事之前，先發制人。要是他又做出像上次一樣引人注目的事情，我可受不了。

御先大人肯定和最近經常接觸的女高中生在一起。用GPS追蹤她的手機好了。

「我先回事務所。你去澀谷。」

我轉身離開，但沒有腳步聲跟上來。

「千次？」

我回頭發現千次跪在地上，把臉湊近行道樹的樹根猛吐。

我討厭那個街道。人和聲音混雜交錯，腦袋嗡嗡作響。

千次之前曾經這麼說過。即使不是蟲宿者，村裡長大的人大多感覺敏銳。會受生物氣息和大氣波動影響。況且，一族之人原本就體弱短命。無法長久處於都市汙穢的空氣中。

我凝視著千次蜷縮的背影。結實的肩膀以下身材纖瘦，脊梁的曲線隔著衣服也清晰可見。

「非常……抱歉……」

千次呻吟著，又吐了。吐出帶有黏性的漆黑液體。

附近的號誌改變，車輛從我們身邊一一穿梭而過。釋放如箭般刺眼的光線，散布廢氣。這街道的夜風不寂靜。

御先大人為何要在這種城市逗留呢？

飯店的床鋪堆著書，他曾經說過。

——就這個作者的定義來說，所謂的生命，是攝取能量的系統。的確，連蟲群都必須啃食傷痛。可是，我什麼都沒有吃。代表我並非生命體吧。

那時我正在倒紅茶。我知道御先大人不須飲食。但那是我成為隨從長之後，每天的工作。御先大人繼續說道。

——能量啊。很籠統呢。欲望或感情也算是能量嗎？

為何這麼說？我如此詢問。御先大人瞇起眼神微笑。

——這座城市充滿欲望。欲望化為熾熱的蠢動，不斷膨脹。一觸及人類的情感，就有未知的東西流進我的心中。真是有趣。我雖然忘記飽腹的感覺，卻有某種東西逐漸填滿的感觸。

御先大人如此說道，但看著一群部下，我只覺得他們逐漸被侵蝕。待在這座城市，感覺和生命力都逐漸被剝奪。

千次蹲著搖搖頭，我扶他起來。觸碰到的身體果然瘦骨嶙峋，體重很輕。又損失了一個村裡珍貴的健全男人。

「千次，你回村吧。」

「你先靜養一陣子。你的身體跟這座城市水土不服。」

抱歉這句話到了嘴邊，又吞了回去。若是御先大人，不，若是多少流著一族血液的族人，勢必會立刻察覺到千次的身體變化吧。我對自己的遲鈍感到痛心。

「明年，確認宅邸的花是否綻放，再來跟我報告吧。不是去看櫻花那種脆弱的東西，而是去看真正的花。」

千次微微一笑。我閉上眼，嘆息。聞到腐敗的血味。

在我懂事前就知道了。

那花的鮮紅。種植在宅邸最深處，燃燒般的杜鵑花。

一名小孩蹲在杜鵑花叢後。穿著和服、茶色直短髮。纖細的脖子白得透明。

我不由自主地主動出聲與他攀談。小孩抬起因流淚而整張濡濕的臉龐，凝視著我呢喃。

你也會消失嗎？

不是實際發出的聲音，而是在腦海響起。從小孩的腳下，散發出剛翻掘出來的新土味。庭院裡充滿花蜜香與翅蟲的振動。五感敏銳得驚人，一切都是鮮明的夢。

哪裡都別去。小孩說道。他凝視著地面。睫毛很長。

當然。

不是我的我回答。

我會一直陪在您身邊。

小孩在鮮紅的花前笑了。那張臉天真無邪，美麗得不像這世上存在的生物。

我從小就不停夢見這個夢。所以，我始終相信會被選上。

我前往治療室和事務所所在的國際ＮＧＯ財團大樓。那些地方全在地下樓層，必須使用專用卡才能進去。穿過雙重鐵門，進入用隔音玻璃隔成的房間後，才能阻隔外面的聲音。完全的寂靜和黑暗，令我打從心底感到安心。

就像來到村子裡的暗夜。只要搭電車在無人車站下車，開車通往山路一小時，越過溪谷上的橋，就能抵達村落。乍看之下，是個人口稀少的普通鄉下村莊，但唯獨面海的某個區域，禁止通電，也不許村外的人接近。一到夜晚，只有那個區域被黑暗吞沒，就像是深不見底的黑洞。

村子本身甚至沒有刊載在地圖上。自一千多年前起，即使時代的權力者更改，村落的名字也從未在書籍、歷史、平民的口中提到。那裡是隱匿的場所、不存在的村落，絕對不可侵犯的領域。

村裡偶爾會有外人來訪。以前利用轎子、騎馬，到了現代則是利用全黑汽車或直升機前來尋求奇蹟。奇蹟只在稱為御座所的場所實行。禁止與外人見面、詢問外人之名，也不得提起自己與村子之名。有無數個規定，只要打破規定，便要受到嚴厲的懲罰。最可怕的懲罰莫過於驅逐出村。

一族的直系族人所居住的宅邸，就位於排除一切文明的黑暗區域。宅邸的後門通往突向大海的海岬。海岬是禁域，有一間古老的祠堂。

祠堂祭祀著傳說中人稱八百比丘尼的長生不老女性。她是我族的始祖，村裡都稱她為母親大人。傳說母親大人是在海岬的祠堂中被蟲寄宿。只有一年一度啟蟄祭典的夜晚，村人才能踏進禁域，祭拜祠堂。

蟲宿的儀式會在啟蟄祭典上舉行。

我第一次參加祭典，是在十歲的時候。同年齡的小孩都看見了散發青綠色光芒的蟲。我看不見。不過，我一直相信我會被選中。

因為我在夢裡見過那棟宅邸。早就知道綻放在宅邸最深處的花，如火焰般鮮紅。被燈火照耀的族長，跟夢中的小孩一模一樣。

小孩已經長到了二十歲。一樣美麗。黑暗中，他的身影宛如釋放出光芒般神聖尊貴。

總有一天，我要到他的身邊。就像我在夢裡發誓那樣。

我一直如此相信。然而，不管參加幾次祭典，我的體內都沒有寄宿蟲。

不只我。這幾十年來始終沒有出現能治療病痛的蟲宿者。就連直系族人也沒有被蟲寄宿。

然而，為什麼？為何不是我，不是在村裡生活的村人，不是直系，而要寄宿在那種人的身上？

就在即將抵達目的大樓時，突然有人朝我按喇叭。一輛銀色汽車滑進人行道旁。我瞬間提高警戒，但車輛如影子般在我身旁停下。黑色車窗流暢地降下。

「嗨，晚安啊。」

眼熟的白髮老人對我微笑。是某個曾經來過村子的委託人。他是擁有政黨的大教團教祖，背地裡不知道用什麼宗教組織之名經營企業，主導整個外食業界。不過，無論他是什麼人，都禁止在治療時以外接觸。

「我認錯人了嗎？」

老人語氣柔和地說道。他瞇起眼睛看著我，緩緩點了點頭。他的眼神跟御先大人十分相似。我想起那位大人活得遠比這名老人還要久。不管外貌如何，眼神會顯示出年齡。

「果然是你。我還想怎麼可能在這種地方遇見你，但我馬上就認出來了。儘管人這麼多，你還是非常醒目。一副遠離俗世的樣子。」

他搖晃著下巴的長鬚笑道。我無奈地開口：

「如果您要委託，請照程序來。您應該十分了解吧。」

「我只是看見令人懷念的臉，來打聲招呼罷了。」

「這是違反規定。別說您不知道。」

「這裡不是你們的村落。我只是想跟你個人說話。」

我沉默不語。村裡的人沒有所謂個人這種認知。我想要離開，一支拐杖從車窗伸出來，擋住我的去路。

「原諒我的無禮。我已經無法自行站起來。不要擺出那麼恐怖的表情。就算我像這樣跟你說話，我這條老命也撐不過這個夏天了。就當作是蟬鳴聲，聽老夫我說說話吧。」

「想要治療的話，請按照正規的方法。不過，您違反規定，我們恐怕也難以接受您的委託。要是這樣的接觸被其他人士知道，您的教團也會陷入危險喔。我想您應該明白吧。」

獲得財富、權力和名聲的人，最後渴望的，是能長久擁有這些事物。尋求不死之力，化為魑魅魍魎的權力者群聚到村裡。掌握他們的力量，與他們保持適當的連繫，將奇蹟這張王牌當作武器，守護村落的，是代代奉侍宅邸之人所肩負的職責。

我以為我說話的語氣已經夠嚴厲的了，然而老人依然保持平穩的表情。

「前陣子，我遇見你的主子了。」

「您說什麼？」

我完全不知道這件事。

「說是前陣子，也是春天的時候了。我以為有個像櫻花精靈的年輕人，結果是他。因為治療時遮住雙眼，我並不知道他的長相，但我記得他散發出來的感覺。我沒想到他竟然如此美麗，該怎麼說呢？像是處於陰間與陽世之間的人。」

「您對他做了什麼？」

我靠近車輛後，老人笑道：「只是跟他聊了一下。」

「他已經不再為我治療了。」

老人是我成為御先大人的隨從長前，就存在的委託人。應該是進行過好幾次延命治療的最老顧客。

「要是您死了的話，您的教團會變得如何？」

「也不能放任它不管吧。不過，被你們拒絕的話，我就無法長生不死了。對吧？」

他如此說道，臉上並沒有迫切感。反倒看起來很平靜。

「您看起來一點都不難過呢。」

老人沒有回答。默默無語地面帶微笑。

「我終於要去見我的老伴跟女兒了。我女兒八歲就死了。」

「是死後的世界嗎？那是您教團的教義嗎？」

「不是。」老人搖搖頭。

「是願望。他問我，我的願望是長生不死嗎？我這才驚覺，我一直在探求別人的希望和失落，等我發現時，組織已經擴大到無法回頭的地步。所以我只能前進。不過，我總算意識到了，我其實想要早點去世。我已經……」

一對酒醉的男女，步履蹣跚地通過我和車子中間。留下酒精與廉價的香水味。

「占用你太多時間了。我打算死後也繼續捐獻給村子。」

「您死後是否要繼續保持連繫，由我們來決定。」

瞬間，老人的眼神又恢復光芒。他歪起嘴角低喃：「說的也是。」

「我很欣賞你。最後能跟你聊天，真是太好了。」

我沉默不語，於是他愉快地瞇起眼睛。

「你一副不感興趣的樣子呢。我就是欣賞你這一點。你只對想得到的東西動心。而且，為此你不惜做出任何犧牲。」

「我沒有什麼想得到的東西。只是盡我的使命罷了。」

「是嗎？」老人觸碰下巴鬍鬚。

「我正如網路上所寫的，是個神棍。但這世上有許多人甘願被神棍欺騙。不過啊，有些事我還是看得清的。我知道你為了站上那個位子，捨棄了什麼東西。」

我的心臟震了一下。但我想表情應該沒有改變。

「我勸你最好認清自己要什麼。這是我這個老不死給你的最後忠告。」

老人揮動充滿皺紋的手。車窗慢慢上升。老人的臉被大樓的燈光完全覆蓋後，車子便猶如水底之魚般靜靜駛離。

我快步走進NGO財團的建築物，搭乘電梯來到地下。心跳始終無法平靜。

即使即將年滿二十，我的體內依然沒有寄宿蟲。

不僅如此，我既看不見蟲光，五感和體能也與常人無異。我很會讀書。被稱為是村裡第一秀才。

不過，那種事情對我來說一點價值也沒有。

我想要盡早到那位大人身邊。比任何人還要近距離地拜見他的尊容，照顧他的生活起居。

除了直系族人外，規定只有未成年人才能參加蟲宿儀式。滿二十歲後還未被蟲寄宿的人，必須和一族的女性結為連理，產下一族後代。因為反覆近親通婚的關係，導致村裡產下許多畸形或體弱的嬰兒。健康的女性是珍貴的存在。一旦被直系女族人選上，便無法拒絕。如此一來，只能一輩子傳宗接代。或許可以出入宅邸，但便無法成為那位大人的隨從，待在他身邊。

某個雨夜，我獨自離村。一整晚走在山路上，造訪一間專門醫治家畜的獸醫院，是從出入村子的精肉業者那裡打聽來的。說是醫院，也不過是自宅兼用的平房，車庫堆了一堆紙箱。

如傳言所說，交了錢之後，一個滿臉鬍碴的男人看著我不停地笑。

「我只知道對待豬牛的方法，真的可以嗎？」

我別過臉回答：「快點動手吧。」他要我脫下褲子和內褲，仰躺在鋪著藍色塑膠布的廚房桌上。男人長毛的粗手指，令人在意。這是我第一次被一族以外的人觸摸，這件事比待會兒要承受的事更令我覺得噁心。男人一邊消毒銀色器具，一邊囉嗦地問我理由。我完全不予理會。

我感受到注射器冰冷的疼痛，坐起上半身。「果然反悔了嗎？」男人說道，但我回答：「繼續下去，我只是想要確認。」於是男人可能是放棄了吧，嘆了一大口氣後，便不再說任何話。

不久後，麻醉開始奏效，也感受不到男人令人作噁的手的觸感。手術刀刺進陰囊，滴血。我看見流個不停的鮮血，領悟到自己並非被蟲選擇的存在。男人從傷口拉出宛如剝殼小雞蛋的物體。先用線綁住，止血後，再擰轉切除。精巢無力地被扔在藍色塑膠布上。我確認左右都摘除後，便失去了意識。

清醒後，我的腰上蓋了一條浴巾。已不見男人的蹤影。下半身還沒有感覺，我穿上褲子後，離開醫院，在山路上前行。麻醉失效後，猛烈的痛楚侵襲而來，陰囊腫起。我花了兩天才回到村子。半途，昏倒過好幾次。抵達家裡後，高燒持續了一個星期以上，臥床將近一個月。我騙父母說在山裡迷路，拚命隱藏化膿的傷口。

即使向宅邸報告我沒有精子，也並未遭到懷疑。因為擁有正常生殖機能的人比較少。規定不能生育的人，必須在宅邸裡工作。我希望就讀東京的大學，發誓為一族奉獻一輩子。

我從未忘記成為御先大人隨從長那一天發生的事。我第一次經過通往正殿的走廊，看見庭院裡他的身影時，御先大人正在摘鮮紅的杜鵑花。我在樹齡高達千年的老樹旁跪拜在地。

「抬起頭吧。」

御先大人發出澄澈的聲音說道。聽說他很難伺候，除了前往御座所治療以外，幾乎不出寢室。即使進出宅邸，我也鮮少目睹他的尊容。

「你要跪拜在地伺候我嗎？」

「那麼，失禮了。」

我慢慢站起來後，御先大人抬頭仰望我。來自大海的溫和海風吹動他茶色的瀏海。他微微瞇起眼睛。御先大人就在我眼前。樣貌跟小時候我見到時絲毫未變。難以說是少年少女的纖細身軀、如人偶般端整的臉龐，以及帶著憂愁的雙眸。綻放一整片的緋紅花朵，更襯托出他肌膚的白皙，這景色太過美麗，令人目眩神迷。我心想，是光。御先大人果然是光。

「很美吧。」

御先大人望著花海說道。我知道。我一直知道這種花的顏色。我如此思忖，卻不敢說出口「是的。」光是頷首就已耗費全部的心力。

「在這個村子裡，只有這些樹木活得比我還久。」

御先大人淺淺一笑。那一瞬間，視野扭曲變形。眼前的景色晃動模糊，與不同的影像重疊。

四周很暗。只有御先大人的身體隱約發出青綠色光芒。他像幼時一樣，蹲在地面低聲哭泣。看見我，抬起被眼淚濡濕的臉龐。

我作了可怕的夢。

他顫抖著聲音低喃。容貌和身高都一樣，表情卻很稚氣。我的嘴巴擅自張開。

因為您被選中的關係。不過，別擔心。有我在。

你會一直陪著我嗎？

會，我答應您。

我如此說道後，御先大人露出笑容。就像小時候那樣。

美麗的笑容突然消失。恢復白天的光亮和色彩。這究竟是，誰的記憶？

「怎麼了？」

御先大人望著我。不過，他面無表情。明明提出疑問，卻露出看透一切的冰冷表情。他只是看著我，並未對我投以像夢中那樣的眼神。

「非常抱歉。我似乎作了白日夢。」

「是蟲。」

「咦……」

「是蟲讓你作夢的。」

我啞然無言，於是御先大人又說道：

「你不是直系的族人吧。」

「對，不過聽說我曾外祖父曾經居住在宅邸裡。他的名字叫……」

「不用說。」

他轉身。肩膀很纖細。

「我知道。」

他邁步離去，衣襬發出摩擦聲。正殿深處傳來海浪聲。除此之外，沒有其他聲音，宛如身在孤島。

御先大人早晨經常站在祠堂所在的海岬前端。下方是斷崖，海浪粉碎，化為泡沫消散。御先大人的背影彷彿一隻大白鳥。

我始終相信只要成為隨從，就能陪伴在他身旁。但是，當我照料他的生活起居後才明白，誰也無法站在他身邊。他凝視我也僅只那一次，並且鮮少對我說話。御先大人眼裡蘊藏著光，眼裡凝視的只有美夜子大人的遺體和杜鵑花。

在宅邸裡效勞的老前輩們說，那也無可奈何。長生的蟲宿者們都緊閉著心房。活得越久，越是如此。

御先大人正如其名，活得比誰都久。他佇立在無人能抵達的前端，總是獨自沉默地眺望著水平線。

他的背影烙印在我的腦海。

藤峰和三芳在整面牆的螢幕前，以同樣的長相回過頭。

兩人是雙胞胎，即使分開，也能互通心意。不過，人體應該有兩個的內臟器官，他們多半只有一個。生殖機能也不完全。

「千次先生怎麼了？」

兩人同時開口。

「我決定讓他先回村裡。」

「身體狀況果然不好嗎……不知道能否拜託御先大人幫他治療。」

「那位大人不太喜歡將蟲釋放到族人身上。千次只要回到村子就能恢復了吧。重點是，你們找到人了嗎？」

兩人互相對視。哥哥藤峰將手伸向鍵盤。區分兩人的方法是，左眼下方有沒有黑痣。

「這是保安公司的監視器影像。我覺得那是阿四。」

黑白的粗糙影像。疑似停車場的場所角落，有個穿著寬大衣服的高挑男子。被三個男人包圍著。看似阿四的人物，雙手繞在後方。

「這三個人是？」

「便衣警察吧。」

畫面角落隱約照出一名身穿制服的警官。他一副忐忑不安地走來走去。

「應該是他把人帶走的吧。不知道阿四做了什麼，但也許是在前幾天的澀谷事件被人記住了臉吧。」

「我應該有吩咐過刪除警察那邊的檔案才是啊。」

「也可能有遺漏。畢竟外貌那樣，即做被誤會是非法入境也無可厚非。隨便找個理由就能輕易拘押他吧。」

疑似阿四的人物被撞倒，滾落在地。三名男子似乎在笑。其中一名男子走近阿四，抬起一隻腳，打算狠踏阿四。

下一瞬間，那名男子腳被揮開，一屁股跌坐在地。疑似阿四的人物背著手，只靠腳力翻身站起。像貓一樣的身段。三名男子嚇了一跳，擺出戰鬥姿態。

「是阿四。」

「是阿四沒錯。」

男人們衝過去想要制伏他，他閃開，一腳揮去，踹向那群男人。他一下子跳躍，一下子背著手撐在地面，以此為軸心，旋轉雙腿。一頭長捲髮宛如生物般活動。一名男子撞向牆壁。另一名被踢中下巴昏倒。而跌坐在地的男子好不容易才站起來。即使掏出手槍，也瞬間就被踢飛，被凌空高飛的阿四墊在底下，一動也不動。

「穿制服的警官跑到哪裡去了？」

「好像去呼叫救援了。阿四之後逃跑了。」

螢幕中的阿四正在用雙手的手腕猛撞附近的車輛。不知是否一旦進入攻擊態勢，就難以收斂，只見他踹破車窗玻璃，跳起來擊潰引擎蓋。真是蠢愚又醜陋的光景。我揉著眼頭，背對螢幕。看不下去。

「真是個笨蛋。智商是跟野獸一樣低嗎？藤峰，跟我來。」

「要去哪裡？」

「那傢伙想要鎮定心情時會去的地方。他應該正逃往那裡。三芳你繼續尋找御先大人。」

兩人再次對視。

「御先大人如您所說，跟先前提到的那名女高中生在一起。現在已經遠離澀谷了。」

「有派人跟蹤他嗎？」

「有……」

猶豫不定的回答令我在意。不過，總之先揪住阿四。他背著手，應該是被手銬銬住了吧。要是他用這麼不太平的姿態去找御先大人，會更加引人注目，令人困擾。

「繼續跟蹤，直到他回到飯店。」

我如此吩咐後，便離開房間。

我爬上神社的長石階。

越接近本殿，樹木越茂盛、四周越陰暗，飄散出冰涼的空氣。

「他在呢。」藤峰撐大鼻孔。藤峰是嗅覺發達，而三芳則是聽覺發達。

「那傢伙是什麼樣的味道？」

我如此問道後，他沉默了片刻。

「跟蟲宿者的味道相似。他們都沒有體味。」

「沒有體味，還能嗅得出來嗎？」

「只有衣服、頭髮造型品跟清潔劑的味道，沒有實體。所謂的『沒有』，是指非比尋常，有空洞的氣息。那種生物只有蟲宿者，別無其他。所以動物才會警戒。我也不知道該怎麼形容。」

在這個城市發現阿四時，御先大人也說過他沒有體味。也就是說，御先大人跟那傢伙是一樣的味道囉。我心情一沉。蟲宿者和阿四眼中的世界，都跟我所看到的不同。接近御先大人的世界。

我穿過鳥居後，看見抱膝坐在功德箱前的人影。靠近後，發現被壓碎的金屬片掉落在砂石上。

「您自己解開手銬了嗎？」

我不得已對他態度恭敬。不是尊敬他，而是為了表示我刻意與他保持距離。自從這傢伙出現後，我才知道態度恭敬也有這一層含意。我沒有蹲下，俯視阿四。

他一如往常地穿著不合身的寬大微髒衣服。衣服到處都是黑色血漬，手腕和袖口沾滿了血。不過，身體卻連一個小擦傷都沒有。

他的五官深邃，是一族中不存在的異國長相。如凶猛野獸般的土黃色眼瞳轉動看向我。睫毛、眉毛和皮膚，全是深色。我總是覺得他的長相很低賤。

「嗯，扯開了。」

阿四沒好氣地說道。

「你們又在背地裡偷看了嗎？還真閒呢。」

「因為這座城市有無數個監視器。」

「什麼地方都可以侵入是嗎？真惡劣啊。」

「要我說多少次不要引起騷動，您才能理解呢？」

「又不是我的錯！是那些傢伙自己誤以為我是毒販！」

阿四大聲吶喊，然後站起來。這傢伙衝動的個性，令我討厭得想吐。我與表情嚴肅的藤峰對視。隨從們似乎不曉得該怎麼對待明顯特異的阿四。

「下次再遇到同樣的事，請您老老實實原地被逮捕。我會立刻想辦法帶您出來。」

「我討厭警察。你也不可信任。」

阿四將手插進口袋，瞪視我。

我回瞪他後，原本努力試圖消除的疑問又湧上心頭。

為什麼是你？明明是混著異國血統的雜種狗，為什麼被選上的不是我，而是你？

邪惡的感情逐漸填滿我的心。

阿四將他褐色的臉湊了過來。每次看見他這張臉，就感到厭惡。

「你啊，看不慣我跟御先在一起吧？總是露出凶惡的眼神看著我。是在嫉妒嗎？」

我的頭腦瞬間染成一片通紅。

我怎麼可能會嫉妒你這種人。

這種低俗的實驗體，為何沒有徹底清除乾淨？如果是我，就不會犯下這種錯誤。

我單手觸摸藏在西裝內側的手槍。乾脆，在這裡除掉他吧。雖說是蟲宿者，但只要射穿心臟或腦袋，就能殺掉他。距離這麼近，應該不會失手吧。

「雅親先生。」

耳邊傳來藤峰的聲音。我靜靜地吸了一口氣吐出。

「保護御先大人是我們的使命。」

「干我屁事。」

「當您被捲進麻煩事的時候，只有我們能幫助您。這一點請您銘記在心。您應該不想成為讓科學家任意解剖的豚鼠吧？」

不能除掉他。這傢伙能成為御先大人最厚實的防護牆。這是為了御先大人著想。

「豚鼠是指實驗用的白老鼠嗎？」

突然響起澄澈的聲音。

我回過頭後，看見一名穿著水手服的少女站在眼前。背景是紅色鳥居，她的一頭長髮隨著夜風搖曳。

我看見她的長相後，僵在原地。白皙的肌膚、花瓣似的嘴唇，以及如夜晚般烏黑的黑髮。雖然我從未見過她睜開眼睛的樣子，但確實是那個女人。

赤紅的火焰甦醒。燃燒的頭髮與和服。在黑暗散開爆裂，旋即消失的火花。

我燒掉的女人。

「美夜子大人……」

我低喃，血色瞬間從太陽穴消退。我癱坐在石階上。「雅親先生！」藤峰衝了過來。

女人表情冷漠地俯視著我。她將手伸向黑髮，滑順地脫下。下方露出茶色髮絲。是御先大人。

「是我。夏芽借我學生服。這是假髮，剛才買的。」

藤峰低聲說道：「我忘記跟你說了，御先大人穿著女裝……」

「我既非男，也非女。所謂的女裝，是指男性扮成女性的樣子。」

「別搞得那麼複雜啦。另外，不是學生服，是水手服。你以為是大正時代喔。」

阿四搔著頭，站到御先大人的身旁。

「你說什麼？」

「啊～算了、算了，學生服就學生服。你看，誰教你打扮成這麼奇怪的樣子，這傢伙都嚇死了。美夜子是你姊姊吧。真的很像呢。」

「你怎麼會知道……」

我不禁脫口而出。阿四一雙眼睛瞪得老大看著我。他滑稽的舉止，令我怒火中燒。

「咦，我是沒見過啦。是夢到的。我跟這傢伙的腦袋好像是相通的。」

阿四將手放在御先大人的頭上。

「別碰他！」

看見其他人吃驚的表情，我才發現自己大吼出聲。不過，我並未停止。

「不要隨便踩過界。我告訴你，這世上有絕對不能觸碰的事物。天不怕地不怕的你根本不懂。像你這種人……」

不要若無其事地站在那裡，站在那位大人的身旁。前往那裡需要覺悟，我做出那麼大的犧牲才得以到達那裡，你憑什麼奪走那個位置。

「什麼叫絕對不能觸碰的事物啊。你在大吼大叫個什麼勁啊，真不像你。自己火葬的女人突然出現，就讓你那麼震驚嗎？冷靜一點啦。」

藤峰的動作瞬間停止。

「火葬……？」

他目瞪口呆地望向我。我心想，啊啊，曝光了。眼眸裡，盛開的紅色花朵逐漸飄零。已經阻止不了。結束了。在一切漸漸遠離之中，我想像著這樣的畫面。

「火葬……美夜子大人……？這是怎麼回事！」

藤峰一把揪住我。他在說些什麼？雖然話語傳到了耳裡，頭腦卻無法思考。

「為什麼要那麼做！」

為什麼？為什麼，因為那是為了御先大人——

藤峰的身影突然從視野裡消失。白皙的纖纖玉手抓住他的後頸，將他摔到地面。水手服的裙襬飄動，御先大人跨坐在藤峰的身上。手裡的小刀發出暗沉的光芒。

「御先！」

阿四抓住鉛色的刀刃。鮮紅的血滴在藤峰的臉頰。

「你在幹什麼！」

御先大人眼神冰冷地俯視藤峰。

「放心吧。你的身體我一定歸還大海。」

「御先大人，不可以！」

我擠出聲音大喊。

「您這麼做……也是白費力氣。藤峰是雙胞胎。所有的事情，已經都……傳到弟弟那裡。我不怕受罰。」

這是真心話。我感到失去的，不是在村裡的地位，而是與御先大人之間的祕密。我一直以為那將永遠成為我們兩人之間的祕密。既然已被揭發，乾脆破壞一切吧。

那時，我在美夜子大人身上放火時，御先大人筆直地看著我。那一瞬間，我的心中燃起了火焰。那無疑是喜悅。

御先大人站起來。視線沒有離開顫抖的藤峰。

「雅親之所以會犯下禁忌，都是因為我。他是為了一族著想才那麼做的。如果你也有心為一族考慮，就忘記這件事吧。做不到的話，就去跟宅邸報告。說一切的過錯全在於我。」

阿四扶起藤峰。藤峰臉色鐵青地站著低喃：「不好意思，我失態了。」

我不禁開口：

「您不須做這種事，只要您一聲令下，一族之人都甘願為您捨棄性命。」

御先大人面不改色，只說了一句：「這樣啊。」我命令藤峰離開。他步履蹣跚地離去。一次也沒有望向我。

藤峰的腳步聲消失後，御先大人看著我。

「抱歉。」

看見他的表情後，我明白這位大人再也不打算回村。

「沒關係，這樣就好。那是我自作主張做出的事。這一點是無庸置疑的。燒毀直系族人的身體，是不可犯下的罪過。就算被驅逐出村也無可奈何。」

「如果你不那樣做，我永遠不可能清醒。」

「御先大人。」

「什麼事？」

「您想見美夜子大人嗎？」

御先大人沒有回答。我凝視著他，再次問道：

「為什麼您要離開村子？」

不久後，御先大人靜靜地開口：

「我想跟姊姊道歉。不過，我想見的另有他人。在你燒毀她的時候，我才察覺到這件事。」

他難得移開視線。

「不是美夜子。」

「咦？」

「喜歡那些紅花的，不是美夜子。我一直沒有說出真相。」

「那麼是誰？」

「那傢伙說過，紅花最襯托我的膚色。」

御先大人年幼的臉浮現腦海。紅花綻放的庭院、白皙的肌膚、透著太陽光的頭髮。透明的眼淚。不知道是誰的記憶。

「怎麼了？」

御先大人探頭窺視，我才發現自己正在流淚。

「對不起，沒有遵守在那個花庭許下的承諾。」

聲音擅自脫口而出。御先大人瞪大雙眼。紅唇微微顫抖。

「你是……月雅嗎？」

那是我曾祖父的名字。御先大人呼喚的瞬間，鮮明的景色突然消失。我失去平衡，身體搖晃了一下。

「……他好像……已經消失了。我沒有任何能力。不過，從以前就一直重複地作同一個夢。夢裡，年幼的您在那個庭院裡哭泣。看來是他的記憶吧。」

御先大人啞然失聲。他露出孩子般的表情，不斷凝視著我。他美麗的眼眸中映照出我的身影。

「他是憑自己的意志陪在您身旁的。希望能夠一直陪在您的左右。」

御先大人背對著我。

「請您相信我。」

我如此吶喊後，他發出沙啞的聲音低喃：「竟然以這樣的形式……」

「我以為保留美夜子的軀體，他也許會輪迴轉世回來。沒想到竟然留在你的血液裡……」

「你要哭了嗎？」

阿四倚著鳥居笑道。

「你的確像個愛哭鬼。」

「煩死了。」御先大人快步經過他的身邊。

「我已經忘記怎麼流淚了。」

「喂，你要去哪裡啊？」阿四大聲喊叫。御先大人頭也不回地走下石階。我用眼神追尋他的身影後，視線與阿四相交。他一臉尷尬。

「抱歉啊。」

我不予理會，拍了拍弄髒的膝蓋。必須回去向村裡報告才行。我抬起頭，阿四還站在原地。

「你解開了枷鎖。」

我不禁露出不耐的表情。

「您剛才說是自己解開手銬的吧？」

「不是。我是說御先的枷鎖。你燒毀了那傢伙的姊姊，讓他的心靈得到自由。那傢伙啊，總是被迫承擔自己不期望的事，從未自己去選擇什麼。如今終於可以隨心所欲地生活。」

我沒有回答。阿四搔了搔頭，扯開嗓門：

「疏遠你也不是因為討厭你。而是因為你是普通人，會比他先死吧。這樣他會很難過。我看你好像不把話說明白就不了解，所以我就告訴你吧。他喜歡你。所以才要離開你。你就體諒他吧。」

一隻雜種狗還敢恣意地大放厥詞。用不著那麼大聲我也聽得見。我就是討厭他這一點。我如此心想，眼淚卻不停落下。

我別過臉，眺望無邊無際的大樓燈火。眼淚模糊了視線，市街看起來就像巨大的光團。彷彿在燃燒。欲望之光啊。這就是御光大人曾經提過的能量嗎——感覺有某種東西正逐漸填滿。

我想起御先大人的話。胸口已經不再疼痛。也沒有陰暗的情緒。而是充滿他展示給我的感情。別無所求。

我並非想為了御先大人而死。而是想和他一起活下去。不想看見他被人觸碰的樣子。無論是暴力、愛撫還是親近，都絕對不想讓他的肌膚觸及到。希望他眼中只有我，讓我一人陪伴在他左右。

所以，我燒毀了美夜子大人的身體。避免她輪迴轉世，出現在御先大人的眼前，奪走他的目光。

我不禁失笑。我的心胸是多麼地狹隘啊。

明知我一介普通人，根本不可能永遠陪伴在他身邊。

鳥居下，已不見阿四的身影。想必他如風一般穿過夜晚的街道，如今正在御先大人的身邊，和他吵嘴吧。

即使想像兩人肩並肩的畫面，我也不再心懷怨恨。

不知名的鳥兒在背後的森林中啼叫。深沉的聲音在我心中靜靜地蔓延。

國家圖書館出版品預行編目資料

夜啼鳥 / 千早茜作 ; 徐屹譯. -- 初版. -- 臺北市
: 臺灣角川, 2018.01
面 ;　公分. -- (文學放映所 ; 109)
譯自 : 夜に啼く鳥は
ISBN　978-957-564-019-4(平裝)

861.57　　106022068

夜啼鳥

原書名＊夜に啼く鳥は

作　　者＊千早茜
插　　畫＊中村明日美子
譯　　者＊徐屹

2018年1月11日　一版第1刷發行

發 行 人＊成田聖
總　　監＊黃珮君
總 編 輯＊呂慧君
編　　輯＊林毓珊
美術設計＊吳佳昫
印　　務＊李明修（主任）、黎宇凡、潘尚琪

台灣角川

發 行 所＊台灣角川股份有限公司
地　　址＊105 台北市光復北路11巷44號5樓
電　　話＊(02)2747-2433
傳　　真＊(02)2747-2558
網　　址＊http://www.kadokawa.com.tw
劃撥帳戶＊台灣角川股份有限公司
劃撥帳號＊19487412
法律顧問＊寰瀛法律事務所
製　　版＊尚騰印刷事業有限公司
I S B N ＊978-957-564-019-4

香港代理＊香港角川有限公司
地　　址＊香港新界葵涌興芳路223號新都會廣場第2座17樓1701-02A室
電　　話＊(852)3653-2888